AF145042

Franziska König

Züngelnder Groll

Aus dem Leben einer Musikerfamilie

2014
Januar

Meinem allerliebsten Ming gewidmet!

TWENTYSIX – Der Self-Publishing-Verlag

Eine Kooperation zwischen der Verlagsgruppe

Random House und BoD – Books on Demand

© 2019 Franziska König

Cover: Ein Ölgemlde von Erika König

Karl-Heinz Kämmerling (Zeichnung von Iwan König)

Gestaltung: Heiko Baumfalk, Aurich

Herstellung und Verlag:

BoD –Books on Demand, Norderstedt

ISBN: 9783740707866

Franziska (Kika) im Jahre 1995
fotografiert von ihrer lieben Freundin Ute Bott

Ein Buch ohne Vorwort
Sie können gleich anfangen zu lesen.

Die wichtigsten Vorkömmlinge finden Sie
am Ende des Buches im Personenverzeichnis

Hier aber schon mal die Allerwichtigsten:
Rehlein: meine Mutter
Buz: mein Vater und
Ming: mein Bruder
Letzterer wohnt mit seiner kleinen Familie in Ostfriesland.

Januar 2014

Mittwoch, 1. Januar
Ofenbach
(ein unscheinbares Dorf in Niederösterreich)

Sonnenglanz,
nur am Nachmittag leichte Wolkenschwaden

Erhoben um 7 Uhr 15.
Ich im Keller war sehr tief in den Brunnen des
Schlafes hinabgesunken, doch wann, wenn nicht
heut am Neujahrstag, gäbe es eine passende Gelegenheit, das Sprungbrett zu einem neuen Leben zu
besteigen?
Gottlob! Ich schaffte das geplante Früherhöbnis,
und konnte somit vor mir selber mit gutem Beispiel
vorangehen. Oben in der Stube lag Rehlein in einer
Gymnastikpose auf dem Boden und begrüßte mich
gleich mit dem gereckten Zeigefinger vor ihren
Lippen mit einem „Psssssst!!"
Es erinnerte mich an früher, als wir noch in
Ostfriesland lebten, und ich zum Frühstück oftmals
aufdringlich mit einem „Pssst!" empfangen wurde,
weil im Radio „am Morgen vorgelesen" wurde, und
man somit still zu sein hatte, obwohl ich so viele
tausende Male lieber ein lebhaftes Plauderfrühstück
mit meinen Lieben abgehalten hätte.
Mir, mit der geistesdurchwobenen Lektüre erging es
damals so, wie es Rehlein ein Leben lang mit Buzens

11

Geigenschülern* erging. Immer eine fremde Stimme am Frühstückstisch!

*Die Schüler kamen, blieben den ganzen Tag, da sie Buzen in einen pädagogischen Rausch zu versetzen pflegten, verpassten den Zug, ließen sich ein Bett beziehen, und blieben auch noch zum Frühstück.

Damals jedoch war es die Stimme des so hochge-schätzten Gert Westphal, der die quälend auf der Stelle tretenden Texte eines Thomas Mann verlas, die mir in ihrer Zähigkeit und dem aufdringlichen Altherrenparfüm das sich durch die Zeilen zog, auf die Nerven fielen.

Der Hörer wird in eine Szene hineingenagelt, die ihn wenig interessiert, und kommt einfach nicht mehr vom Fleck. Ein Altherrengebabbel – wenn auch natürlich hochgeistiger Natur.

(So dachte ich dereinst in meiner juvenilen Unreife)

Der Televisor lief.

Zum Frühstück gab es einen interessanten Honig mit halben Walnußstücken, die sich wie Käfer auf der Brotesoberfläche ausnahmen, und zu diesem Hochgenuß verfolgten wir den Gottesdienst im Petersdom mit Papst Franziskus.

Leider sah der Franziskus beim Oblatenverteilen alles andere als erleuchtet aus: Käsig und übermüdet mühte er sich mit diesem Ritual ab, und ich stellte mir vor, *wie er genau in dieser Scheißlaune auch den Bischof Tebartz empfangen hat.*

Der Bischof twittert: „Franziskus hat schon den ganzen Tag diese Scheißlaune!" ☹ ☹ ☹

(Drei saure Smilies zur Bekräftigung dieser harten Worte.)

Ich fühlte Onkel Ottos Erbmasse in meinem Inneren glimmen, und dachte einen überlieferten Gedanken des Verstorbenen: „Daß erwachsene Menschen sich mit dererlei befassen, ist mir unbegreiflich!"

Rehlein meinte, der Papst würde die Eucharistie womöglich als nötiges Übel hinnehmen, da sie zum Papsttum einfach dazugehöre – aber darüber hinaus ginge es ihm womöglich auch nicht so besonders gut, da er im Laufe eines langen Lebens all jene Organe gespendet habe, auf die man zur Not verzichten könne:

Die eine Niere z.B. einer armen kranken alten Frau, die die Niere nötiger hatte als er.

Nach dem Frühstück folgte Rehlein dem Lockruf der Sonnenstrahlen, und stieg in ihren glänzenden Biberpelz, um sich auf einen Spaziergang zu begeben.

Ich prägte mir den Anblick meiner hinfort-strebenden Frau Mama ganz intensiv ein, denn was, *wenn Rehlein von diesem Spaziergang auf geheimnisvollste Weise nie wieder zurückkehren würde?*

*Kein Mensch sieht oder hört jemals wieder etwas von Rehlein,
und bis an unser Lebensende müssen wir mit der Ungewissheit
weiterleben, was aus Rehlein wohl geworden sein mag?*

Und tatsächlich war Rehlein um 11 Uhr immer noch
nicht zurückgekehrt, obwohl ihr doch das Neujahrskonzert so am Herzen gelegen war.

Buz im Musikzimmer übte etwas schwerfällig auf
seiner Violine. Das Fokussierungsglas des angestrebten Fortschritts bloß auf einen Punkt – die
Bogenführung - gerichtet, so daß er den innewohnenden Ausdruck der Melodien sträflich
vernachlässigte.

Na, Rehlein war dann zum Neujahrskonzert gottlob
doch wieder daheim.

Die Wiener Philharmoniker spielten unter der
Leitung von Daniel Barenboim.

„Wann hat er bloß die Zeit gefunden, die ganzen
Walzer auch noch auswendig zu lernen?" frägt sich
da so manch einer unter uns bewundernd, aber
wahrscheinlich ließ er nur seine natürliche Musikalität spielen, und über die Wiener Philharmoniker
wiederum heißt´s, die spielten eh von allein.

Ein berühmter Dirigent mit geschliffener Gestik und
tiefer Musikalität, die sich telegen auf seinen Zügen
spiegelt…dies sei eher Zierde denn Notwendigkeit
für diesen traditionsschweren Klangkorpus.

Dafür bekäme der Barenboim einer groben
Schätzung Buzens zufolge etwa eine Million €uro

Cash, weswegen er auch nur sehr kurz gezögert habe, als man ihm dies Dirigat angetragen hat.

Hi und da schob Rehlein ein zischendes „Psssst!" vor oder zwischen Worte Buzens, z.b. als Buz auf die Ähnlichkeit eines Geigers mit einem Politiker hinwies, und dann redete Rehlein selber an anderer Stelle.

Rehlein sprach etwas hochnäsig im Ausdruck davon, daß der Barenboim zu Ehren seiner Frau Elena die Helenenquadrille spielen ließe.

Die Kamera schwenkte auf die solchermaßen Geehrte drauf, die man natürlich sehr gerne etwas länger betrachtet hätte.

Doch man hatte einen kurzen Eindruck bekommen: Das Alter hat nach der einst schönsten Frau der Welt gegriffen, worüber auch ein Lächeln und ein Frisörbesuch nicht hinwegzutäuschen vermochte — mehr noch: Eine verschwitzt wirkende Babuschka-figur versucht sich nun, womöglich *gegen* den Willen dieser ehelichen Einheit, Bahn zu brechen!

„Wenn da ein jeder käme, und für seine Frau eine Quadrille spielen ließe!"

Ein kurz aufgeflammter, leicht entrüsteter Senio-rengedanke, dessen innewohnende Konsternierung beim näheren Hindenken jedoch rasch an Substanz verliert, denn grad diese Idee gefiel mir, und davon gefiel sie Rehlein nun auch.

„Der Papa würde dir zu Ehren doch wohl auch gerne mal eine Erika-Quadrille spielen lassen?!" lachte ich, und schaute unser Familienoberhaupt zu diesen weithergeholten Worten liebevoll von der Seite an.

Immer wieder wurden kleine Filmchen über die Vorbereitungen zum Neujahrskonzert eingeschoben: Man sah z.B. wie die Barenboims mit dem Privatjet herbeijetteten…dann gab es einen Schnitt, und wenig später entstiegen Barenboim und Frau einer noblen schwarzen Luxuslimousine, die das eheliche Gespann vor einer feinen Adresse ablud.

Stellvertretend für die Elena bewehte mich ein leichtes Elendsgefühl:

Man ist nichts weiter als das verblühte Anhängsel eines weltberühmten Dirigenten und Friedensnobelpreisnominators, der sich mit seinem kleinen Frauchen womöglich nur schmücken möchte, und im Alltag nicht groß über seine Gattin nachzudenken pflegt, da sein Kopf bis zum Bersten mit klugen und wichtigeren Gedanken angefüllt ist?

Interessiert begoogelte ich die Elena, und las darüber, wie sie im Windschatten ihres gigantischen Ehemanns das internationale Kammermusikfestival von Jerusalem betreut, wo die Künstler leider aus Prinzip nicht bezahlt werden, da es dort NUR um die Musik geht.

Auf zwei Fotos schaute die einst so Schöne ausgesprochen töricht aus.

Interessiert streckte ich die Fühler auch nach ihrem Sohn Michael, dem Geiger, aus und ließ ihn unmittelbar nach dem Neujahrskonzert, bei Youtube auf seiner Violine aufspielen:

Mozarts A-Dur Konzert.

Zum Klang der Musik frug ich mich, was der Barenboim nach dem Konzert wohl so treibt?

Vor meinem geistigen Auge *suchte man soeben ein Bistro auf,* doch Rehlein meinte, man säße bereits im koscheren Lokal der Frau von Sammy Molcho, wo der Barenboim allerdings am Händi absorbiert sei, da er noch rasch mit seinem Steuerberater beratschlagen müsse, auf welches Konto die Million wohl zu transferieren sei?

Nun denken wir Derartiges, und hernach spendet er die ganze Millionen für den Frieden, und beschämt uns alle tief?

Die Sonne schien, und ich machte mir laut Gedanken über das Talent des jungen Violinisten, von welchem ja immerhin beide Großväter bedeutsame Klavierprofessoren waren. Doch es heißt, Talent potenziere sich leider nicht. Wenn man Glück hat, so erbe man vielleicht ein bißchen davon von seinen Vorfahren. Den Rest müsse man sich hart erarbeiten.

„Hoffentlich hat das Pröppilein* genügend Talent!" bangte ich plötzlich, und hoffte sehr, daß zumindest eine von den zwölf Feen, die an der Wiege standen, ganz schnell noch etwas mehr Talent mit der goldenen Schöpfkelle auf den Säugling draufge-

schwappt hat, so wie es ja einst beim süßesten Ming geschehen ist.
*Meine kleine Nichte Yara, ein Jahr alt

In den Nachrichten zur Mittagsstund' wurde verkündet, daß ein 53-jähriger Herr aus Niederösterreich durch einen Böller um's Leben kam.
Er hatte sich einen Böller aus dem Internet bestellt, doch der knallte nicht los, und dann beugte er sich fragend darüber, und dann bollerte er doch los.
Den ganzen restlichen Tag dachte ich an den armen Herrn und seine Lieben.

Abends schauten wir das Zirkus-Festival von Monte Carlo an.
Die Charlene sah leider immer so unfroh aus, doch dies liegt wohl daran, daß das kleine Vögelchen ganz unartgerecht gehalten wird? Ständig schauen alle Leute drauf, wie sie wohl gelaunt ist, und versuchen aus ihrer Miene herauszulesen, ob der Albäääär womöglich fremdgeht?

Ein Brief von Buzens Meisterschülerin Julia Kim, der schon seit zwei Tagen auf Rehleins Eingangs-Spieß stak, sorgte für Wirbel.
Rehlein hatte ihn noch gar nicht angeklickt, weil sie ihn für einen schlichten Neujahrsgruß gehalten hatte.
Tatsächlich aber *vibrierte* die pflichtgemäße Neujahrsgratulation zu Briefbeginn geradezu vor Bestreben, rasch abgehakt zu werden um Wichtige-

rem Platz zu machen: Einer empörenden Geschichte. Aber hört selber: In einer Gruppe, bestehend aus zehn Musikanten, hatte man einen Preis gewonnen: 1500 €.
Doch eine böse chinesische Tänzerin rückt das Geld nicht heraus, weil sie es ganz für sich allein beansprucht.
(Davon morgen mehr.)

Donnerstag, 2. Januar

Graugetöntes, so jedoch angenehmes Sonnenwetter.
Etwas frösteliger temperiert als gestern

Undurchsichtige Kumuluswolken, die nichts von ihren Plänen preisgeben wollen.
Man schaut durchs Fenster und hat vielleicht ein bißchen das Gefühl, es könne bald losschneien?
Schlafessüße und auch noch ein Traumgebilde stak mir im Gebein, und zunächst galt´s, im Alltag wieder einigermaßen Tritt zu fassen.
Ich stieg in die silberne Thermobüx und einen grauen Pulli, und oben lag Rehlein wie alle Tage als Gymnastikbetreibende auf dem Boden.
Mit der mütterlichen Info behaucht, daß es draußen sehr windig sei, wetzte ich augenblicklich los.*

*Mein Morgensport: Jeden Morgen 45 Minuten lang durch den Wald zu rennen, um Kalorien abzubauen und Sauerstoff zu tanken.

Das Sahnehäubchen auf der Oberfläche vom Schneeberg wurde von der aufgehenden Sonne mit purem Gold beschwappt.

Beim Frühstück mit meinen Lieben erzählte ich von Frau Lisa Leonskaja, die immer sehr gerne in Konzerte geht. Früher lud ich sie oft zu meinen Vorspielen in der Wiener Musikhochschule ein, und wann immer sich die Gelegenheit ergab, kam sie, denn sie liebte es. Die knisternde Atmosphäre, die nervösen Studenten, die vor den kritischen Ohren der Anderen nur ein Bruchteil ihres Könnens zustande brachten, und die Erinnerungen an das Gemäuer des Moskauer Konversatoriums, -jener Brutstätte für die so hochgepriesene sowjetische Interpretengarde…es war richtig rührend!

Ich begoogelte sie und fand ein recht nettes und lebhaftes Interview, dem zu entnehmen war, daß es sich bei ihr um einen Anekdötchentypus handelt, so wie ich einer bin. Allein zwei Anekdötchen in *einem* Interview!

Aber auch ihre tiefsitzende Meinung, daß man wohl am ehesten die Musik *seines* Landes verstünde, schimmerte durch die Anekdötchen hindurch:

„Martha Argerich klagte: „Ich verstehe keinen Schubert!"

„Matjotschka! Du kannst nichts dafür, daß Du in Argentinien geboren bist!""" - und hier an dieser Stelle hört der Leser Lisas herzliches, einnehmendes Lachen - soll heißen: Jemand, der in Argentinien geboren ist, sollte vielleicht die Finger von Schubert lassen? Zu leicht verbrennt man sich die Finger dabei, denn der Schubertsche Geist ist doch wohl kaum in Buenos Aires geboren!?! Und haben die dort nicht genug eigene Musik, an der sie ihre Selbstdarstellung austoben können? Werke von Piazzolla oder Villa-Lobos z.B.?

Das Problem um Julia Kim herum, rückte wieder in den Entrüstungsfokus der Erwachsenen:
Die chinesische Tänzerin Yu-Ting faselt etwas von einem Video bei Youtube, von dem sie sich ihren großen internationalen Durchbruch erhofft, und Julia Kim in ihrem leicht verbitterten, vorerst jedoch unabgesandtem Briefe schrieb, wenn zwar in simplerer Wortwahl und hinzu auf ausländerdeutsch, daß die Musikanten an der Peripherie des Herumgehopses doch gar nichts davon hätten, unentgeltlich bei ihr mitzuspielen?

Als ich nach einer ersten Übstunde auf meiner Violine wieder in die heimische Stube zurückkehrte, war Rehlein dabei einen flammend geharnischten Brief an Julia Kim zu verfassen:
Rotgefärbt und höchst erbost schrieb Rehlein ihre entrüstete Meinung in Julias Schrieb hinein.

Abends wurde ein Film über David Garrett gesendet:

Gezeigt wurden Ausschnitte aus einer Show mit abenteuerlicher Kulisse: Ganz in Gold getunkt, und mit brennenden Fackeln geschmückt.

Auf Teufel komm raus, wollte man eine irre Show hinlegen, doch das Geschrappe, und die Gesänge auf der Violine, wenn auch mit Worten so hinbeschworen, als sei dies etwas ganz und gar Unglaubliches, stopfen einem bloß die Ohren mit fadem Lärm und wirken auf mich, umgemünzt, eher so, als bette man sich ein Blatt mit WC-frisch getränktem Toilettenpapier auf die Zunge, und wolle sich einreden lassen, dies sei eine Delikatesse der besonderen Art.

Man sah die amerikanische Mutti des Interpreten beim stolzen Rumprahlen, und ihr Ex in Aachen dürfte gedacht haben: „Ich kotz gleich!"

Dann sah man Davids Geigenpatronatin Ida Haendel mit ihrer üppigen Wiegenfrisur über dem gedörrten länglichen Gesicht, in dem sich nichts als empörter, fast lugubrer Ernst spiegelte. Wenn es ihm Spaß mache Rock zu spielen? – Bitte schön.

Worte, die man mit schiefem Blick und spitzen Fingern aus seinem Inneren gefischt vor sich ausgebreitet hat, um leicht angeekelt draufzublicken.

Und sogar Beethovens Violinkonzert hat der junge Mann im Repertoire. Die feurig-rockige Art hat er sich aus seinem sog. Crossover-Leben beibehalten, doch ansonsten klangen jene Teile des Finales, die man für den Film zusammengeschnitten hatte, ruchlos und ungepflegt, als röchen sie nach Achselschweiß.

Freitag, 3. Januar

Schön sonnig.
Zur nachmittäglichen Stund schwächte der Sonnenschein allerdings etwas ab

---

Kleines Vorwissen für den Tag:

Seit unserem Besuch im letzten November in Petaluma/Kalifornien bin ich mit meiner Tante Bea leider verstimmt, da sie sich immer so izzelig und zwiderwurzig gab, auf luftabschnürende Weise, wie es in Amerika und in Künstlerkreisen offenbar Ehrensache ist, mit der Zeit geizte, schlecht hinhörte und ständig alles fehlinterpretierte, so daß das Leben mit ihr keine Freude war, wenn sie auch sehr gut gekocht hat, und darüber hinaus ihre Memorien schreibt, was ja wiederum interessant und reizvoll ist.

Wieder schlief ich sagenhaft und träumte:

Mein sorgloses Studentenleben, in dem ich mich wie in einem warmen Wannenbad gefühlt hatte, bewegte sich ganz plötzlich seinem Ende zu.

In jenem Musikhochschulzweig am Belvederepark in Wien, lief ich einen Flur entlang. Laut und einsamstimmend hallten meine Schritte. Der Flur verengte sich nach einer Weile, und bald schaute es aus wie in einem alten Eisenbahnwaggon. Dort saß in abgematteter, dämmriger Beleuchtung ein Gremium, bestehend aus wichtigen Hochschulgrößen, aber auch Freunden wie beispielsweise der Veronika, da eine neue Prüfungsordnung erfunden, bzw. natürlich „entwickelt" worden war:

Die Kommission besteht aus zwölf Geschworenen:

Drei Freunden und drei Feinden aus dem Kreise der hauseigenen Professoren, und sechs weiteren neutralen Hörern, von denen drei musikalisch und drei unmusikalisch sein müssen, bzw. "den kleinen Mann" verkörpern sollen, denn die Welt besteht ja auch aus normalen Menschen, und nicht nur aus Künstlern wie Frau König.

(Auricher Kulturamtslogik aus dem wahren Leben.)

Und nun wurde ganz knapp, und „auf den Punkt gebracht" der erste Teil des Prüfungsprogramms besprochen, wo u.a. Schuberts Arpeggione-Sonate aufzutönen habe, da das Bratschenspiel ebenfalls dazugehöre. Dies Programm sei in wenigen Tagen vorzuführen, gefolgt vom nächsten und finalen Teil, und dann wäre ich auch schon dem Studentenleben enthoben.

Im wahren Leben beugte ich mich dem Weckerschrill, und redete beim lästigen Erhebungsvorgang begütigend und begeisterungstreibend auf mich selber ein, begrüßte alsbald das süßeste Rehlein, das wie alle Tage in einer Gymnastikpose in den Tag hineingepflanzt schien, und wetzte los. Die Uhr zeigte 7 Uhr 27.

Ich hoppele immer den gleichen Weg entlang: Den Dr.Gerhard-Poppinger-Weg in die Höh´, vorbei an der schönen Villa unserer lieben Freunde durch den Wald bis zum Echofeld, wo unter einer tausendjährigen Eiche „unsere" Bank steht, (ein Geschenk der Poppingers für Opa und Rehlein). Und nach 22 ½ Minuten stürme ich wieder zurück.

Als ich wieder auf unser Heim zuhoppelte, glaubte ich, Buz musiziere zu so früher Morgenstund´ bereits auf seiner Violine, aber es war ja doch bloß das Radio, aus welchem ein Satz von Janačeks Sinfonietta heraustönte.

Eine Aufnahme aus dem Jahre 1971: Nüchtern, und auf eine Weise interpretiert, als wolle man sich „absichtlich blöd stellen", indem man die Gefühle nicht an sich heranließ, und die innewohnenden feinsten Gefühlsnuancen auf militant diktatorische Art einfach plattwalzte.

(„Er läßt den Schmerz nicht an sich heran, und hat darüber hinaus auch kein Ohr für das Bitten, Barmen und Flehen der Anderen!" könnte somit über den Dirigenten vom alten Schlage vermerkt werden.)

Aber man hörte Klänge, die zu einem Zeitpunkt aus den Instrumenten herausschollen, als so Viele, die man kannte, noch gelebt haben.

Beim Gang in den Keller, wo ich mich rasch noch umzog, nahm ich das liebliche Bildnis Rehleins mit, das sich bereits so <u>lieb</u> im Türrahmen gezeigt hatte.

Sie habe mir bereits einen Orangensaft ausgepresst, sagte Rehlein warm und mütterlich.

Und oben im Sorgenstuhle war der kühle O-Saft wenig später so was an labend!

Bald darauf zeigte sich der süße Buz in seinem Schlafanzug, und Rehlein war so lieb zu Buzen: Er sähe aus wie ein Bub, und der Schlafanzug stünde ihm so gut!

Gestern abend sah Buz so schlecht aus: Fahl und mit rötlich umrandeten Augen. Doch nun schaute er gottlob etwas ausgeschlafener aus.

Wie alle Tage frühstückten wir im Banne des Televisors zu Zoo-Geschichten aus Stuttgart.

Man lernte einen Stuttgarter Zitteraal kennen, - ferner die vier uralten Elefantendamen, ein Quartett, das damals, als der Film gedreht wurde, noch vollzählig war, und von dem ich vergnügliche Geschichten zu erzählen wußte: Daß es bei denen gerochen habe wie im Augustinum, wenn auch *etwas* besser (vegetarischer), und daß die Pama eine reiche Sponsorin habe.

Als Party-Gag stand der beliebte Elefant aus dem städtischen Zoo, geschmückt auf einer Wiese, auf der ein Sommerfest abgehalten wurde.

Einmal wurde uns von einem lieben harmlosen Pfleger der sog. „Somalia-Esel" vorgestellt, der ja, wie der Name schon sagt, aus Somalia kommt, und von dem es weltweit nur etwa 200 Stück gibt, so daß er zu einer echten Kostbarkeit mutiert ist, auch wenn die meisten Zoobesucher achtlos an ihm vorbeizulaufen pflegen.

Doch wer näher hinschaut, der lernt ein ganz besonderes Tier kennen: Wie von Wilhelm Busch gezeichnet, und hinzu goldgetönt.

Seit zwei Tagen versucht die reuezerknirschte Tante Bea nun schon, uns per Skype zu erreichen, doch mir mit der Bea geht´s nun so, wie einst der Bea selber mit Opa & Mobbln: Ich müsste die Bea eigentlich gar nicht nochmal sehen, und auch Dies muß man sich doch mal vor Augen führen: In Amerika hat sie uns kaum zu Wort kommen lassen, und auf einmal soll man skypen! Hallo?!? Da kann man doch nur Hohn lachen.

Ich stellte mir vor, wie mein Ärger immer anwächst – schließlich wachsen mir hohe Ärgerblätter über den Kopf hinweg, denn ich seh´s nicht mehr ein, warum man sich wohl alles gefallen lassen solle?

„Ich hab mich eigentlich geärgert!" sagte ich der Bea im Geiste, und: „Ich nehme meinen Dank zurück!"

Abends rief uns die Irma an, die sich für Rehleins Jahresrundbrief bedanken, und hinzu schöne Neujahrswünsche übermitteln wollte. Doch als ich Rehlein herbeirief, sagte Rehlein fast bebend vor Telefonierunlust: „Ich kann grad nicht!"

„Ok!" sagte die Irma. Für mich aber klang's so, als wolle sie enttäuscht „schlucken".

„Für mich alte Frau haben die jungen Leute nunmal keine Zeit mehr. Damit werde ich mich wohl abfinden müssen."

Doch dann konnte Rehlein ja doch.

Samstag, 4. Januar

Klar und bleich. Im Grunde angenehm –
eine matte, bergende Gräue

Am Morgen erhob ich mich aus bergendem Traumgeschehen:

Es gab ein Wiedersehen mit Ming nach langer Zeit, doch Ming war sehr stringent geworden und erzählte alles, was zu sagen war eher „im Vorübergehen" und hinzu in flapsigem Tonfall. Z.B. setzte er einen nur im Vorübergehen über einen Nachbarn in Kenntnis, der sehr unter seinen Migräne-Attacken litt.

Da aber schrillte mich der Wecker in die saure Realität heraus.

Wieder stieg ich in die knistrige silberne Trimmkluft, begrüßte das süßeste Rehlein das in einer Gymnastikpose stak, und schickte mich an, die beschwerliche Hoppelage zu absolvieren.

Beim Rennen durch die Morgenfrische überlegte ich, daß ich Onkel Dölein und Tante Bea meinen umgearbeiteten „Petaluma-Report" doch wohl kapitelweise zuschicken könnte?

Man stellt es sich so schön vor: *Alle brennen vor Wollust weiterzulesen. „Weiter!" schreibense mir atemlos,* doch in Wirklichkeit schaut's wohl eher so aus, daß man nie etwas von ihnen hört.

Allenfalls verlangt vielleicht Onkel Dö einen Tag Nachschub, und dann kommt der schöne „Austausch" auch schon bald zum Erliegen?

Man sieht's ja auch daran, daß *ich* mit Beätchens Memorien noch nicht einmal angefangen habe.

Endlich war ich wieder daheim, und auch wenn Rehlein gestern von geradezu frühlingshaften Temperaturen sprach, die vorverkündet worden waren - jetzt war die Hinterscheibe von meinem Auto eisverkrustet.

Ein frohes Neues! schrieb ich in schönster Lehrerinnenhandschrift in das Eis.

„Wer kann denn das gewesen sein?" dachte der kontaktfreudige Buz in mir, der immer auf ein Wunder wartet, erfreut und, „das ist doch niemals die Schrift von der Kika?!"

29

Den freudenzersetzenden Gedanken vom Morgen zum Trotze, begann ich nun dennoch, den Petaluma-Report einem, wie von mir selber propagierten, fünfmaligen Schleudergang zu unterziehen, in dessen Folge kaum ein Buchstabe auf seinem Platze stehen blieb, und die Arbeit bereitete mir gute Laune!

Ich begann das Schriftstück zu einer ansprechenden Erzählung umzuformen, erfand etwas dazu, und substanzloses Geschwätz wurde erbarmungslos gestrichen.

Später dachte ich mir auch noch aus, wie ich Beätchens Rundbrief kritisch unter die Lupe nehme: Ich färbe ganze Passagen rot und schreibe nach Art eines kleinen Buttjes, der alle Zeit der Welt zu haben hat, und mit seinen stämmigen Beinchen aufrecht an den Gitterstäben seines Kinderbettchens steht: „Solch substanzloses Geschwätz sollte erbarmungslos gestrichen werden!" Da mir der Ausdruck „erbarmungslos" zur Zeit so gut gefällt.

Dann frühstückten wir.

Anlehnend an meine eigene, positiv aufladende Erfahrung, riet ich Buz, seine Memoiren in *einem* Guss zu schreiben, und hernach fünf Schleudergängen zu unterziehen. Doch wie es so ist mit guten Erfahrungen…Rehlein lenkte ein: „*Du* machst es so, und er *so!*"

Ich riß zwei gute Witze und freute mich unerhört, daß sie Buzen erheiterten. Einen davon hatte ich selber erfunden, und meiner Meinung nach bereits vor geraumer Zeit schon einmal gezündet. Buz aber reagierte darauf, als höre er ihn das erste Mal, und lachte amüsiert:

Was macht ein Ostfriese der versehentlich Salz auf einem Tischtuch verstreut hat? Er gießt Rotwein drüber..."

Rehlein sagte so nett „Ich liebe Dich!" zu Buzen.

Ein Satz, den man in dieser schlichten und anrührenden Form schon lange nicht mehr von ihr gehört hat.

Zu Mittag gab´s ein sämiges Gemüsesüppchen und hernach eine Bio-Pizza, üppig mit goldgelbem Käse überzogen, von Rehlein gedrittelt, und von uns mit Genuß verspeist.

Bald darauf setzte ich meine Studien auf der Violine fort, und draussen wurde es ziemlich neblig, so daß die OCD* Schraube in meinem Inneren aufgedreht, bzw. gelockert wurde: Wollte Buz nicht heut mit meinem Auto zum nachmittäglichen Lanzenkirchner Neujahrskonzert fahren?

Ich stellte mir vor, *wie man in der Gebrauchsanweisung studiert, wie die Nebelschlußleuchte wohl funktioniere, um es Buzen für den kurzen Weg zum Gemeindehaus beizubringen. Doch Buz schlägt die guten Lehren in den Wind, zumal er irgendwo gelesen haben will, daß das mit der Nebelschlußleuchte gar nicht so gut sei? Dann rummst ihm jemand in seinen Autopo – oder aber Buz rammt jemand anderem den Seinen?*

Ferner sah ich es bereits jetzt vor mir, *wie Buz nach dem Konzert ratlos in den Taschen seiner Joppe nach* **meinem** *Autoschlüssel wühlt.*
*obsessive compulsive disorder (eine leichte Geisteskrankheit)

Mittags schauten Buz und Rehlein „Old Schatterhand", und zweng der abgeschlossenen Haustüre mußte ich mich auf die Terrasse begeben, ans Fenster donnern, um mit einer (gefühlt) geschüttelten Faust auf die mißliche Lage aufmerksam zu machen, in der ich stük.
Ich find´s aber blöd, sein Gegeize mit den Sekündchen auf die Art von der Tante Bea so übertrieben zur Schau zu stellen, und man kann das Ganze doch wirklich auch freundlich abwickeln!
Rehlein lächelte auch gleich beschämt und federte aus ihrem Sitz empor, und lächelt Rehlein so bezaubernd, so schillert die verstorbene Omi-Mobbl in ihr durch.

„Mit Tadel ins Ehebuch eingetragen!" dachte ich heut über Buz. (Weiß aber nicht mehr, weswegen?)

Im Backofen reiften köstliche Teigtaschen für uns heran, und nun saßen wir da.
Wir waren darin übereingekommen, daß *ich* Buz wegen der Parkplatznot zum Neujahrskonzert fahre, und nun hatte ich mein Auto bereits in die Gatterschleuse gestellt.

In Vorfreude auf den Kunstgenuß gehüllt, saß Buz bereits im Auto, als leider konstatiert werden mußte, daß die Batterie schon wieder verröchelt war. Das Auto prustete asthmatisch herum, und ließ sich, ähnelnd einem bockigen Maultier, nicht weiterbewegen. Und da es die Gatterschleuse somit verstopft hielt, war Buz gezwungen, zu einem langen, einsamen Fußmarsch durch die Dunkelheit aufzubrechen.

Wir kümmerten uns nicht weiter um seinen Verbleib, dieweil es jetzt prioritär wurde, den Nachbarn, Herrn Deak anzurufen. Einen Engel nebenan, der uns aus jeder mißlichen Lage heraushilft, und den uns der liebe Gott als Ausgleich für einen Teufel namens Dirk in Ostfriesland geschickt hat.

Fast wäre Herr Deak erst morgen gekommen, doch morgen ist morgen schon heut, und wenn ich diese Passagen als Omi mal les, dann lach´ ich.

Oben in Mings so wunderbar behaglichen Dachgebälkswohnung – dem Ashram - die in ihrer freundlichen Beleuchtung, der schönen Aussicht aus den Fenstern auf den Wald und den Hartlschen Pferdestall, den Gemälden an der Wand, und dem roten Sofa so wirkt, als sei dort noch nie ein wüster Gedanke gedacht worden, führte ich mein Leben als Auslosende weiter.

D.h. ich pflege immer auszulosen, was ich als nächstes mache, damit mein Leben nicht gar zu vorhersehbar abläuft, und auch *scheinbar* unwichtige

Randtätigkeiten, für die die Zeit zu zwicken scheint, ihre kleine Chance bekommen.

Die Säcke füllten sich mit Dicht- und Übmolekülen, und dann kam der Engel Deak, ein Mann mit einem freundlichen, offenen, von der Kälte bepusteten Gesicht, und einer wärmenden Haube über der gemähten Frisur, tatsächlich. Der Motor brummte bald wieder auf, doch es hieß, die Batterie sei schlecht, und würde sich immer wieder entladen. Sie habe nurmehr die Qualität des schrottreifen Herzens eines beispielsweise 89-jährigen.

Ich erfuhr, daß die einzige Tochter der Deaks in Wien lebt, und im Prayner-Konservatorium tätig sei. „Als Raumpflegerin?!" vermutete ich spontan, doch es sei bloß, um Klavier zu lernen.

Schließlich einigten wir uns darauf, daß Herr Deak mein Auto mit nach Hause nimmt, und über Nacht an ein Ladegerät in seiner Garage anschließt.

In der Konzertpause rief Buz an, um sich nicht unbang, so jedoch auch im frischem Hoffnungsschwunge zu erkundigen, ob mein Auto wohl wieder flott sei? Buz fiebert dem morgigen Treffen im Theater mit seiner Lieblingsschülerin Isabella entgegen, und zählt womöglich die Stunden?

Ich verstand mich mit dem süßesten Rehlein so wunderbar, daß ich keine Ahnung hätte, wie man das Leben ohne Rehlein aushalten könnte?

Nach einer Weile tönte das Telefon erneut auf, und man hörte den Radetzkymarsch zum übermütigen Geklatsche der Lanzenkirchner Bevölkerung.

Mit Buzens klobigem BMW arbeitete ich mich unfallfrei zum Gemeindehaus hin, aus welchem nun die klanggesättigten Konzertbesucher in die milde Januarnacht herausquollen.

Es kam allerdings anders als ich dachte.

Gedacht hatte ich nämlich, ich müsse mich gleich aufregen, weil Buz mich nun ewig lange warten lässt, da er – wie in Opas Gedicht „voller Wahn bzgl. Künft´jem" - noch allerlei Unsinn mit seinem Spezi, dem Dirigenten, Herrn Salamon, ausbaldowern müsse. Doch in Wirklichkeit mußte Buz dann auf *mich* warten, da ich nämlich mit dem Bürgermeisterinnengatten, dem Lamberg Rudi, Höflichkeiten austauschte, und bei dieser Gelegenheit erfuhr, daß ich zu einem Besuch zum Kaffee immer sehr willkommen wäre.

Auf der Heimfahrt erfuhr ich, daß Buz, auf dem weiten Fußmarsch zum Konzert vor die Wahl gestellt, welcher Weg wohl einzuschlagen sei, schlicht die Arschkarte gezogen hatte: Er lief die Kalgasse hinab, und an der Straße gab es keinen Bürgersteig. Die Autos wischten orkanwatschengleich an dem einsamen Wandersmann vorbei, der hinzu frieren mußte!

Jetzt aber hatten wir unseren Schatz gottlob wieder.

Buz dürstete es „Liebling Kreuzberg" zu schauen, und über Manfred Krug sagte ich zu Rehlein: „So in

Etwa mußt Du Dir den Orgler Konrad vorstellen!" auch wenn der Manfred einen etwas anderen, eher eierförmigen Kopf hat, und womöglich auch etwas lebhafter und zugänglicher ist.

Ich schickte Tante Bea, Onkel Dölein und Ming das erste Kapitel von meinem autobiografisch getönten Roman vom Petalumabesuch.

Man dürfe gerne scharfzüngige Kommentare zurückschicken, schrieb ich denen noch nett, aber lieber wäre es mir, man würde mich mit Schmeicheleien eindecken.

(Dies behielt ich jedoch für mich.)

Sonntag, 5. Januar

Zu Tagesbeginn hellgraues Massivgewölk, dann dünnes aber stetiges Geniesel von dem nur zu hoffen ist, daß es bis morgen „verstummen" möge

Heute träumte ich, daß ich *an einem Winterabend in stark vorangeschrittenem Dämmer vor einem Kirchportal inmitten kahler Bäume im Walde stand.*

Ich sehnte mich nach einer prasselnd heißen Dusche im Kircheninneren, wo es eine kleine Einlieger-Dusche gab.

Bald darauf sah man den Geistlichen aus dem quietschenden schweren Portal in den Feierabend hinaustreten, und ich

bündelte etwas Mut zusammen um zu fragen, ob ich wohl
wieder einmal in der Kirche duschen dürfe?
(Ich sagte einfach „wieder einmal", obwohl ich doch noch nie
im Leben in der Kirche geduscht habe.)
Eigentlich wollte ich nur ein simples „ja" hören, und daß der
Geistliche mir nun etwas umständlich eine Adresse diktierte,
wo man einen diesbezüglichen Antrag stellen könne, empfand
ich als eher lästig.

Die Welt zeigt sich mir z.Zt. sehr interessant: So, als
sei alles irgendwie vergoldet.
Mir gefällt das goldglänzende Laub auf dem
Waldweg hinter unserer Bank am Echofeld.

Beim Joggen im Morgengrauen mümmelte ich
gedanklich an all den kleinen Episoden im Petaluma-
Report herum:
Eine Aussaat in drei Hirne, wobei ich allerdings
hauptsächlich die Bea als Lesende im Visier habe.
Zwischen der Tante Bea und mir befindet sich ein
klaffender, unüberbrückbarer Graben des Unver-
ständnis´. Meine Geschichten kommen bei der Bea
völlig anders – oder vollig* anders – an, als sie
gedacht sind, und dies in einer für mich nicht
nachvollziehbaren Weise.
Doch daß ich trotzdem daran interessiert bin daß sie
meine Schriften liest, und ihre Antwort kaum
erwarten kann??!

*Denke ich an die Bea, so denke ich auf einmal ohne Umlaute, da die Briefe aus Ubersee stets umlautsfrei gehalten sind, weil fur dererlei schlicht die Zeit fehlt. Grad so, als verzichte ein Komponist auf Vorzeichen, so daß man seine Werke nur auf den weißen Tasten zu spielen pflegt. Klingt´s komisch, so könne man ja hi und da doch eine schwarze Taste antippen – denkt da der Beatenkundler in Beatenlogik.

Ich hatte mir eine kleine Bosheit ausgedacht:

Der Bea ihren Familienrundbrief auf Opa-Art zu lektorieren, und mit scharfen Worten versehen, zurückzuschicken.

Worten, die auf ihre häßliche Art, jemanden vor den Kopf zu stoßen, vom Beätchen selber stammen könnten:

Auf die kritisch-leidende Art eines hochsensiblen Etepeteten zupfe ich ein Passagenkonglomerat daraus mit der Pinzette hervor, um es vor mir auf den Seziertisch zu legen:

„...wenig Trubel, da Dölein, Kika und Eri schon ziemlich erwachsen sind. Ich musste ihnen nicht einmal die Nase putzen.“

Ich färbe alles rot, und schreibe hartherzig und beschämend:
„Solch substanzloses Gewäsch sollte erbarmungslos gestrichen werden. Soll womöglich irre witzig sein, doch ich kann über dererlei nicht einmal schmunzeln. Beate, Du bist aus diesem Alter einfach raus!“

Nein, auf meinen durch fünf Waschgänge geschleuderten Romanesbeginn hat es leider noch keine Resonanz gegeben.

Beim Frühstück schrammte man haarscharf an einem häßlichen Ehezwist vorbei:

Es begann mit einer harmlosen Belehrung Rehleins, welcher Handgriff beim Wasserholen für´s Pillenschlucken wohl zuerst auszuführen sei, und mündete in eine leichte themenübergreifende Intensivierung, weil Buz beim Autofahren die Reihenfolge der Handgriffe offenbar nicht so gescheit auszuüben pflegt?

„Laß gut sein!" sagte Buz mindestens dreimal leicht crescendierend, und ich finde diesen Satz so unsympathisch.

Hernach schwieg man.

Hätte Buz die Belehrung angenommen und vielleicht etwas reuevoll Zerknirschtes von sich gegeben, so wäre doch alles gut gewesen – so aber?

Nach einer Weile erzählte Buz uns dann allerdings, daß Franz Schuh, der Autor des Buches „Schwere Vorwürfe und schmutzige Wäsche" ein so ausgesprochen schlecht gelaunter Mensch gewesen sei. Ich dachte dabei natürlich gleich an jemanden wie den Herwig, und mir fiel auch gleich ein interessanter Buchtitel ein: „Aus den Schriften des grantigen Cellisten H." – Doch nun las Buz vor, und ich hörte eher ein Altherrengeplapper denn -gegrantel aus dem Wortschwall heraus, und vermisste die Unzufriedenheit, auf die ich doch schon eingestimmt war.

Rehlein mit ihren roten Strümpfen saß etwas krumm im Schaukelstuhle am Kamin, gebogen wie eine Wurst, und ich busselte auf sie ein.

Vom Lindalein waren simple Neujahrsgrüße gekommen, und hätte ich den Link „Bilder und Links zulassen" übersehen, so hätte man diese ausgesprochen dürren Zeilen für äußerst blutleer und überflüssig erachten dürfen – jetzt aber zeigte sich immerhin ein Foto der vierköpfigen Familie im Kunstschnee.

Wie schon so oft im Leben, lenkte ich die Rede auf die Kronjuwelene Hochzeit (75 Jahre), der man sich in Siebenmeilenstiefeln entgegenbewegt: Am 6. April 2037.
Ob Buz, so kurz vor seinem 99. Geburtstag wohl noch da ist, oder ob womöglich nur noch Rehlein und ich dies besondere Fest feiern?
Ich bin bis dahin *etwas* jünger, als es Rehlein heute ist.
Rehlein und ich reisen an diesem Tag nach Prag, und betwittern das bis dahin, mit 24 Jahren in der Blüte des Lebensfrühlings stehende Pröppilein, über die Schönheit Prags. Falls wir bis dahin gelernt haben sollten, wie man twittert?

Hi und da erzähle ich Rehlein von den Karriereplänen vom Bischof Tebartz, die vorläufig geplatzt sein dürften: Mit etwa 76 Jahren den Stuhl Petri zu besteigen.
Und doch fasst der gestrauchelte Bischof immer wieder frischen Mut: Z.B. indem er in Bonn ein Besserungsseminar besucht.

Die Kursleiterin dort ist keine Geringere als das böse Uschilein, die Exe vom Onkel Ebi.

13 lange Jahre, so erzählt sie, habe sie gebraucht um endlich <u>gut</u> zu werden.

„So zu tun, als sei man gut geworden ist einfach — doch es wirklich geworden zu sein, ist eine ganz andere Sache!" (so sagtse.)

Dann dachte ich uns auch noch aus, wie der Bischof Tebartz seinen Rosenkranz auf dem Smartphon, oder aber der „Rosenkranz-App" abbetet.

Ich frug Buz schelmisch, ob ich während seiner Abwesenheit wohl seine Memorien weitertippen dürfe? Etwas, was ich früher zuweilen mit Omi Mobblns Briefen betrieb.

„Liebe Frau Altmeyer!" war ein in die Maschine gespannter Bogen bereits betippt worden, den ich dann früchtebrötern ausschweifend weiterbetippte. Ich breitete ein unerhört aufregendes Leben vor den Sinnen von Frau Altmeyer aus, und badete in diesen Erlebnissen.

Buz und Rehlein waren ins Theater nach Baden bei Wien gefahren, um sich dort mit der Isabella einen vergnüglichen Nachmittag zu gönnen, und ich übertünchte die Einsamkeit in dem großen Haus damit, daß ich den „Menschen Hautnah"-Beitrag über die Vierlinge weiterschaute, deren Eltern sich scheiden ließen. Besonders pikant in diesem Falle: Die gehörnte Ehefrau ließ sich mit dem Ex jener

Dame ein, mit der sich der treulose Ehemann hinter ihrem Rücken heimlich liiert hatte.

Dem treulosen Herrn mit seinem glühbirnenförmigen früh erkahltem Haupt und dem Dreiecks-Bärtchen fiel's hindess nicht leicht, die Vierlinge zurückzulassen.

„Ich hab sooo einen Klos im Hals!" sagte der neben seinem Auto Stehende niedergeschmettert, und der Klos im Hals verdunkelte auch die Vorfreude auf seine neue Liebe. Die kleine 7-jährige Sarah hüpfte geschwind ins Auto des Hinwegstrebenden oder besser gesagt, des von seinen Gefühlen Hinweggesogenwerdenden, um ihn mit viel Scharm und Witz zum Bleiben zu überreden. Hindess – wie bei Erwachsenen leider zu erwarten, vergebens!

Später zog die gehörnte Frau mit den vier süßen Töchterlein zum etwas schwerdurchschaubaren und hageren „Walter".

Ich dichtete, während es draussen vor sich hin dunkelte.

Zum Abendessen waren Buz und Rehlein wieder daheim, und man schaute einen „Tatort".

Aus dem Main wurde ein toter Mann gefischt, der leicht an den Kirschneroth erinnerte.

Plötzlich fand ich den Gedanken so aufregend, per Telefon davon in Kenntnis gesetzt zu werden, daß irgendein unliebsamer Mensch gestorben sei.

„Kennen Sie eine Barbara Oles?"

„Ja.“

„Sie ist ermordet worden.“

„Um <u>Gottes</u> Willen!“

Die Isabella hatte Fotos geschickt.

Auf einem sah man Buz von hinten mit seiner kleinen herzförmigen Glatze im Theater sitzen.

Und während das Foto mit dem Anblick der trostlosen kleinen Kahlfläche auf dem Bildschirm aufleuchtete, schaute ich Buz mitleidsvoll von der Seite an.

Buz war aber eher froh, dieweil der Kahlschlag wohl nur halb so groß war, wie er bislang dachte.

Das süße Rehlein tippte gleich einen früchtebröternen Antwortsbrief, und leitete die Fotos an ihre Geschwister weiter.

Telefonat mit Ming:

Ming erzählte hauptsächlich vom Pröppilein, das schon alles verstehe. Einmal habe Ming es gebeten, ihm seine Uhr zu bringen, und das Pröppilein tat´s.

„Pröppilein, wie macht die Ente?“ konnte ich mich nicht bremsen zu fragen, und Rehlein bekam direkt ein wenig Angst, dem Pröppilein würde es nun allmählich zu viel, da es nun schon so oft im Leben „Quak“ sagen mußte.

(„Das muß doch die dumme Tante Kika endlich mal papieren!“ dachte ich stellvertretend für das schlaue Pröppilein.)

Ich las meinen Petaluma-Report weiter und wurde dabei so wahnwitzig sauer auf die Tante Bea. Mein Ärger züngelte wie das Feuer im Kachelofen.

Montag 6. Januar

Ab Vormittag glitzernder Sonnenschein –
wenn auch vielleicht noch etwas feucht
vom gestrigen Geniesel

Vor meinem Erhöbnis zu gewohnter Stund, lag ich eine gefühlte Ewigkeit, so jedoch in größtes Bettbehagen gehüllt, im kaum angeknabberten Tag – das Ohr demutsvoll dem Wecker entgegengereckt, zumal ich nach Beätchenart auch nicht mehr gern von der Gewohnheit, mich früh zu erheben, abrücken würde – eine gewisse Bänge dahingerichtet, ob ich den wohl schon überhört haben könnte? – Aber nein!

Rehlein in einer Gymnastikpose ließ wissen, daß sie nach diesem schweißtreibenden Zeremoniell wieder ins Bett zu steigen gedächte.
Sie sei so was an müüd!
Jetzt rannte ich erstmal los, und das goldene Herbstlaub an dem ich mich z.Zt. so oft herumbegeistere, war heut eher rotgetönt, da nass.

Gestern war das Wetter den ganzen Tag über etwas inkontinent gewesen, nun aber durfte ich mich freuen, daß sich das Nieselwetter verzupft hatte.

Beim Rennen denke ich meist nichts Kluges, d.h. manchmal versuche ich´s zumindest, und dann stelle ich mir vor, wie die Geschwister in Übersee wohl auf den Petaluma-Report reagieren?

Um dem Beätchen eine Freude zu bereiten, habe ich ihr gestern geschrieben, daß ich pro Tag eine Seite aus ihren Memorien zu lesen pflege – verschwieg jedoch, daß ich dies Löblikum bislang nur seit heute betrieben habe. Und vielleicht liest das retur-kutschelig veranlagte Beätchen jetzt auch nur noch eine Seite pro Tag – d.h. sie überfliegt die Seiten eher, weil es sie ja bloß interessiert, was über *sie* oder über ihre Familie in der direkten Linie zu lesen steht?

Meine Gedanken verzwickten sich in einen Satz, der Beätchens Omi-Ehre beleidigen könnte:

(Über Beätchens 9-jährige Enkelin) „Die Miette fraß wie ein Schwein!“

In meinem geistigen Ohre *schwallte und sprudelte ein gackriges Telefonat auf, in welchem die Bea Rehlein durch den Hörer hindurch an beiden Ohren zu packen, und ihren Kopf zu beuteln schien. Rehlein solle ihre Tochter besser erziehen! Das geeeeht nicht! Ich sei nicht verheiratet, habe keine Kinder und könne da uuuuberhaupt nicht mitreden!*

Wieder daheim, fand ich ein Journälchen der freiwilligen Feuerwehr in unserem Briefkasten. Fast hätte ich´s gleich dem Altpapier überantwortet, doch dann las ich über die beiden Hochzeiten im Dorfe, zu denen zwei Paare herzlichst beglückwünscht wurden. Neben Irenes Sohn Florian und seiner Marion, hatten zwei Damen einander das Ja-Wort gegeben, und unter diesem Foto stand so lieb und unkompliziert zu lesen: „Barbara Jeitler hat ihrer Simone das Ja-Wort gegeben". Niemand in der modernen Ofenbacher Gesellschaft schien Anstoß daran zu nehmen, und während ich noch daran herumlas, rief die Irene meinen Namen. Ihr Hund Aaron bellte wie blöd, und hopste an mir empor, während die Irene ihn bebarschte, so daß die freundlichen Begrüßungsworte mit denen sie mich bedachte, mit Bebarschungen durchlöchert waren.

Ich hätte grad in dieser Sekunde an sie gedacht, berichtete ich stolz, denn wann kann man schon mal mit solch einem Zufall auftrumpfen?!

Ich hatte nämlich tatsächlich an die Irene gedacht, als ich soeben auf das Hochzeitsfoto vom Florian draufgeschaut habe. Er habe unbewusst die Mutter geheiratet – hätte ich gedacht –

„Na ggä!!"

Nein! Ich hätte keine Brille aufgehabt. Nur die Haarfarbe habe mich an die Irene erinnert, rettete ich eilig was zu retten war, und dann war mir die Irene auch wieder gut.

Rehlein daheim machte sodann ein paar Schmähworte über den ungezogenen Hund, doch ich verteidigte ihn und spielte mich als seine Anwältin auf, weil es doch so schön sei, wenn jemand sich so freuen kann!

Rehleins wunderbare sonnige Seite, aus der ich in den vergangenen 2-3 Tagen so viel Energie und Lebensfreude gesogen habe, war leider wieder etwas überschwadet worden, indem Rehlein etwas müd, stöhnend und leidend klang, so daß augenblicklich Stachel in mir ausgefahren wurden, weil ich dieses Leidensgehabes genauso überdrüssig geworden bin, wie Rehlein selber Buzens Sprüchen.

Am liebsten hätte ich gesagt: „Jetzt hör mit diesem Leidensgehabe auf!" Doch da hätte ich ja was erlebt! Ich, als 51-jährige, hätte womöglich sogar noch eine im Affekt hinabgehauene Orkanwatschen kassiert?

Etwas, was ich mir ja zum Spaß, und nicht ohne Schauder hi und da ausmale: *Ich hätte dem Beätchen gleich am zweiten Tag jene saftige Ohrfeige herabgehauen, die sie doch schon lang so dringend verdient hätte.*

„Ich will dich hier nicht mehr sehen!" sagt das Beätchen eiskalt, und über die ratlos stimmenden Frage nach meinem Verbleib, zumal der Dortblieb noch 21 Tage dauern sollte: „Das ist mir egal!"

Ein Wiedersehen nach 15 Jahren hätte eine Wendung genommen, die kein Mensch für möglich gehalten hätte.

Nun aber war's soweit ganz nett:

Buz stand am Kachelofen und aus der Dröhne erscholl Tartinis Teufelstriller-Sonate mit Orchesteruntermalung. Interpretiert von Anne-Sophie Mutter, wie unschwer zu erraten war. Man hörte es an den knusprigen Trillern.

Das fleißige Rehlein griff sich eine gold-schwarz glänzende alte Schlafanzugshos vom Opa, um emsig daran herumzunähen, und ich philosophierte begeistert darüber, daß Rehlein nicht nur in Opas Bett schläft – nein, sie steigt auch in Opas Schlafanzugsbüx und liest Opas Bücher. Kurz und gut: Sie führt einfach Opas Leben weiter.

Zum Mittagessen glitzerte die Sonne über den Tisch. Es gab eine köstliche Fischpfanne mit Möhrchen und Grüngemüse, Kartoffeln mit Schelfe und Rohkost!

Hernach griffen wir einen Vorschlag Buzens auf, und wanderten in den Wald hinein. Ich stak in meinen zerrupften hellbraunen Lederschuhen, mit einem klaffenden Loch an der Seite, über das ich daheim beim Einstieg in die Schuhe noch philosophiert hatte: Ich hätte es mir bei meinen Wanderungen durch Berge und Täler meines Lebens redlich erworben.

Zwar ärgere ich mich immer wie blöd über die scheußlichen Häuser, durch welche die Aussicht links der Pferdekoppel so verschandeln wird, und die ich jetzt gar nicht näher beschreiben möchte, da mir mein dichterisches Talent zu schade für dererlei ist. Ein Narr, der da hinschaut! – Aber ab dem Eintauchen ins Knisterwäldchen kann man ja damit anheben, die beleidigenden Anblicke zu vergessen.

Rehlein erzählte von ihren eiskalten Füßlein in Wien unlängst. Es sei die Hölle gewesen! Und da tat mir das süßeste Rehlein soo leid.

In der Sonne schimmerte alles gülden.

Auf dem Acker wurden unsere Schuhe leicht morastig, und bald darauf setzten wir uns auf unsere schöne Bank. Wirklich köstliche Momente des Lebens. Sogar Rehleins Gesicht schien mit feinstem Goldstaub bestäubt.

Man hörte Vogelgezwitscher, und ich stellte mir vor, Rehlein *würde sich vor meinen Augen in einen kleinen Vogel verwandeln, der hoch oben in kahle Astgabeln hineinfliegt, und sich nicht mehr nach Hause locken lässt.*

Und dann sprachen wir noch darüber, wie es wohl gekommen wäre, wenn Rehlein alleinstehend geblieben wäre, so wie ich es bin??

Rehlein wär auf weiter Flur allein in Ofenbach.

Auf dem Heimweg:

Wieder ärgerte ich mich über den Hügel voller scheußlicher Häuser, und am allermeisten ärgert mich ein würfelzuckerartiges Haus in schmutzweiß.

Es schaut aus, wie ein Stück schmuddeliger Würfelzucker, den man aus der Tasche einer alten Joppe fischt, wo er inmitten Wollresten und Tabakkrümeln eine Weile lang vor sich hingegammelt hat, bevor er mit einem Igitt herausgefischt und in den Kehrichteimer geworfen wird.

Rehlein hat dort einmal geklingelt, wußte nun allerdings nicht mehr, weswegen?

Und dabei hätte Rehlein in das fragende Gesicht hinein, das ihr die Türe geöffnet hatte, doch sagen können: „Ich bin alleinstehend und suche Freunde!"

Abends erlebte ich eine Freude, dieweil Onkel Dölein sich gemeldet hatte.

Ja, der Onkel wünsche alle Kapitel. Ihm gefiele es, von außen betrachtet zu werden. Er versuche, daraus zu lernen und sage nurmehr selten „pirriod!" nach seinen Sätzen.

Später gab's Kaffee, Kekse und etwas Schokolade, obwohl unser Schokoladenvorrat zur Neige geht, und mein persönliches Sparpaket 2014 es zudem vorsieht, auf Schokolade und überhaupt alle Überflüssigkeiten zu verzichten.

Um 20 Uhr 15 wiederum gab's ein Dinnée, das mit einem köstlichen Fischsüppchen eingeleitet wurde. Der Televisor hindess blieb stumm. Wir sprachen über den jüngst verstorbenen, depressiven Herrn zu Knyphausen.

Mich hatte man einmal gebeten, mich bei einer Tischgesellschaft im Garten neben ihn zu setzen um zu schauen, ob ich ihn nochmals aufheitern könne, doch es gelang mir leider nicht.

Rehlein las uns noch mein 7. Kapitel in der Verwandtschaftsfassung vor, und Buz lag dazu dröge im schwarzen Sessel und sah irgendwie rotglühend aus.

Feierlich schickte ich Dölein & Bea das zweite Kapitel, denn die Bea hatte auch geschrieben.
(Kurz aber nett.)
Dann retirierte sich Rehlein ins Bett, und ich spielte ein finales Rummikub mit Buzen, wobei ich wie fast immer verlor, da der süße Buz wieder so viel Spielwitz zeigte.

Dienstag, 7. Januar

Etwas verhangen

Wieder wurde ich aus einem Traumgebilde gerupft:
Ich spielte in einem Orchester, wo die Vormittagsprobe soeben um war. Bis zum Neujahrskonzert am Abend durfte man sich somit in der Stadt zerstreuen.
Für das Neujahrskonzert hatte man sich intern im Orchester heimlich auf ein Späßlein für die Abendvorstellung geeinigt, so daß man das abendliche Konzert eigentlich kaum erwarten konnte: Den allerletzten Akkord wollte man allgemein leicht und zart spielen, so als bezupfe ein zierlicher Finger eine Harfe, während der Dirigent vergeblich einen detonierend krachenden Schlußakkord zusammenzudreschen suchte, so daß dem Auditorium ein Spektakel jener Art geboten würde,

51

als schmisse sich ein rabiates Kleinkind auf den Boden, um mit krebsrotem Gesicht herumzukreischen und vor Erbosung mit den Füßen zu strampeln, bloß daß die Erwachsenen gönnerhaft darüber hinweglächeln, und dem infantilen Gebaren keine weitere Beachtung schenken.

Allerdings hieß es auch, man müsse das Programmheft für den Abend kopieren und vorzeigen, anderenfalls käme man nicht in den Saal hinein, und ich hatte mein Programmheft leider in der Straßenbahn liegen lassen! Da schrillte der Wecker, und ich sah diesem verpaßten köstlichen Erlebnis in leichter Verdatterung hinterher.

Rehlein in einer Gymnastikpose wünschte mir viel Spaß, und anders als gestern war ein blickdicht-grünliches Wolkenband über den ganzen Himmel gespannt.

Wieder dachte ich beim Rennen über jene Episoden in meinem Buch nach, die Tante Bea und Onkel Dölein heut wohl zur Hand nehmen würden, und die bannendste Episode dürfte doch wohl jene sein, *wo die sengende Eifersucht dem Jorberg sein Leben schon seit je her zur Hölle gemacht hat. Besonders arg wurde es, als die zerknitterte und verbitterte alte Bedienstete auf der Post durch einen jungen und unverschämt gut aussehenden und hinzu sehr freundlichen Halbmohren ersetzt wurde.*

Früher hat ja der Jorberg die Veronika selber öfters mal zur Post geschickt, doch damals schien sie diese Aussendungen in geödeter Lustlosigkeit zu absolvieren, und auf einmal strebt sie andauernd auf die Post!

Auf dem Heimweg dachte ich mir dann aus, *wie die nagende Eifersucht dem Jorberg keine Ruhe lässt. Er lauert dem Postbediensteten auf, und ermordet ihn kurzerhand.*

Kein Mensch wird den alten Herrn mit diesem seltsamen Verbrechen in Verbindung bringen, und beim Abendessen blickt der Jorberg seiner Veronika forschend ins Gesicht?! Ob es sie bereits zu härmen begonnen hat, daß da jetzt ein anderer Bediensteter hinter dem Postschalter sitzt, oder besser noch, jene vergrätzte ältere Dame von früher?

Da war ich auch schon wieder daheim.

Zwei Briefe hatten sich über Nacht für mich angesammelt: z.B. eine Abwesenheitsnotiz von Simone Lause. Hi und da schickt man mir Abwesenheitsmeldungen mit dem vollmundigen Versprechen, sich nach seiner Heimkehr zu melden – doch bislang scheint noch niemand wieder heimgekehrt?

Ferner hatte das Beätchen höchst quirlig, geradzu wirr, und hinzu direkt ein bißchen unappetitlich geschrieben.

Wie schon vorauszusehen, hatte sich das Beätchen aus meinem Aufsatz etwas herausgegriffen, das für mich vielleicht eher von sekundärer Wichtigkeit, für das Beätchen in ihrem Eifer, ihre Tochter und deren Familie zu glorifizieren, jedoch von immenser Bedeutung schien.

Es ging darum, daß das Jennylein in Toronto gar keinen Kontakt zu ihrem eben dort ansässigen Onkel Rainer pflege, da ihr dieser auf ihrer Hochzeit so peinlich gewesen sei!

Nun ließ sich das quirlige Beätchen in ihrem Antwortsbrief über das Wesen des Nasebohrens aus, und in ihren Wortschaumschlägereien erschien mir der Onkel Rainer als seltsam schrille Witzfigur, wie vielleicht der Bischoff Tebartz eine ist? Als groteske Figur, die auf der himmlischen Feier, wo die Schwiegereltern Shallit so göttlich getanzt haben, kleine Kügelchen aus seinen Nüstern herauswühlte um sie irgendwo hinzukleben. Dann musterte er die Frauen auf Kennerart, und schätzte ihre Körbchengröße ab.

Wie ein roter Faden zieht es sich durch Jennys Leben, daß sie sich für die Verwandschaft in Grund & Boden schämen möchte!

Dann frühstückten wir.

Buz erzählte, daß er heute so häßlich und doch plastisch vom Opa geträumt habe: Eine Kleinigkeit aus dem gestrigen Tag – scheinbar belanglos - hatte sich somit einfach in Buzens Träume verquirlt. Rehlein hatte nämlich erzählt, wie der zuweilen gramgebeugte Opa auch im hohen Alter noch ganz süß sein konnte: Einmal beschwärmte er eine junge Krankenschwester mit so großer und freudiger Begeisterung. Doch in Buzens Traum *wütete der Opa so häßlich herum, daß Buz ganz ärgerlich geworden ist.*

Dann war der Opa plötzlich verschwunden.

Buz suchte sehr lange nach ihm, und schließlich fand er seinen betrunkenen Schwiegervater in einer Kneipe. Er trat vor ihn hin und sagte: "Ach hier bist du??" und erzählte dem Wiedergefundenen, daß sich Rehlein schon so große Sorgen um

seinen Verbleib mache. Der Opa wurde davon aus schwer
nachzuvollziehbarem Grunde so unglaublich ärgerlich und
laut, und dann lief er wutschnaubend vor Buzen her, und
Buz dachte die ganze Zeit, er stüke im wahren
Leben, und in diesem vermeintlich wahren Leben
dachte Buz wiederum, er stüke im falschen Film!

Ich trug die verbliebenen geringen Übschulden ab,
um einen ersten Schuftsack zuzuschnüren, und
tauchte somit ziemlich bald wieder in der Stube auf.
Buz übte soeben an seinem Korngold-Konzert, und
besonders die Dallas-Melodie im Finale gefiel.
Doch dann wurde Buzen plötzlich schlecht. Er
murmelte es im Vorbeihuschen und verschwand im
Häusl. Ich selber wurde ganz starr vor Schreck, und
sah die peinsame Schlagzeile schon vor mir: „Unser
erkrankter Mandant überlebte seine wundersame
Genesung um gerade eben mal zwei Wochen".
Buz erbrach sich hilflos in die Toilettenschüssel und
ich versuchte mich ebenso hilflos als Wegwisch-
Künstlerin, doch bald wurde ich bei dieser Tätigkeit
vom deutlich kundigeren Rehlein abgelöst.
Rehlein trug heut eine Hos, in der ihr Po, zumindest
in gebogenem Zustand beim Wischen, wirklich
beredt ausschaute: Mit zwei Knopfaugen an den
Taschen, die einen allerdings eher etwas
stumpfsinnig musterten.
Ich interpretierte die Übelkeit schreckgepeinigt als
drohenden Vorboten für einen Schlaganfall, doch
wenig später einigten wir uns mildernd darauf, daß es

wohl die Gelatine-Kapseln oder eine Medikamenten-
überdosierung war.

Ich besuchte den kleinen Kopierladen in Wr.
Neustadt:
Heut stand dort bloß der Dicke. Er steht da, hat sich
ein kleines Bäuchlein angefuttert, benimmt sich zwar
korrekt, zentriert sich allerdings auf absorbierte Art
nur auf *einen* Menschen, was ja nicht besonders
sympathisch rüberkommt.
Zunächst widmete er sich einem spillerigen jungen
Mann, an dem er sehr lange herumbediente. Der
junge Mann schien mir etwas blass um die Nase, da
er offenbar vor einem ärgerlichen, etwas überhöhten
finanziellen Aderlass stand?
„157 €uro!" murmelte der Dicke, nachdem er so
quälend lang auf dem Buchstabenhackbrett
herumgeklimpert hatte – „da kann man gar nichts
machen!"
Zu meiner Linken standen ein paar einsam
stimmende junge Leute aus einer gänzlich anderen
Generation. Leute, die gar keinen Blick für mich
hatten. In ihrem Windschatten verwandelte ich mich
in einen unsichtbaren Niemand.
Ich war gekommen um Beätchens Memorien
auszudrucken, und es dauerte sehr lang, bis das
Gerät endlich damit anhub, die Blätter, auf denen
das Beätchen die Vergangenheit aufgefangen, und
vor dem Vergessenwerden zu bewahren suchte, an
Land zu rattern.

Schließlich fuhr ich zu „Billa", und begrüßte mich im Gemüseeck mit Angela Hartl, unserer Nachbarin – eine Begegnung, über die ich später beim Tee noch psychologisieren sollte. Ob es mit der Ferse von ihrem Georg besser geworden sei? „Nein. Nicht wirklich." In Angelas Zügen lag ein gleichmütiges Lächeln, das letztendlich besagen sollte: „Es ist *sein* Problem!"

In geheimnisvollem Nebel suchte ich die kleine Trafik am Wegesrand auf und spielte Euro-Million. Hätte ich alle 7 richtig, so wären wir mit 127 Millionen €uro finanziell aus dem Schneider, doch die Chancen stehen schlecht, und noch nie habe jemand in Österreich die Euro-Million geknackt, seitdem sie im Jahre 2001 erfunden worden ist.

Buz löste Kreuzworträtsel und war sehr absorbiert.
„Ich spiel´ mein Strawinski-Konzert jetzt ziemlich gut!" sagte ich mal sachlich und griffig, doch meint ihr, Buzen hätte dererlei interessiert?
Auf der Eckbank lag das Pröppi-Album, das die jungen Leute in Ostfriesland so liebevoll zusammengestellt und uns zu Weihnachten geschenkt haben, und auf einem Foto sieht das Pröppilein aus wie ein kleiner Herzog.
Heiratete das Pröppilein mal den George, so würde es ja automatisch eines Tages die Herzogin von Kent, und Rehlein meinte gar, daß William und Kate – sollten wir denen ein Foto vom Pröppilein

zuschicken – sich doch gewiss eine kleine Notiz machen würden, und wenn der George am 22. 7. 2031 18 Jahre alt wird, holt Mutti Kate das kleine Schatzkästlein herbei, das sie im Laufe der Jahre mit Fotos und Vorschlägen aus der Bevölkerung für ihn aufgefüllt hat.

Da sieht er das Yaralein mit den Apfelbäckchen und dem entzückenden kleinen Doppelkinn das zusätzlich zu dem goldigen Mündchen noch extra mit zu lächeln scheint.

„Die oder keine!" beschließt der junge Prinz.

Zum Abendessen schauten wir „Goodbye Deutschland". Vorgestellt wurden drei Schicksale:

Die 34-jährige „Sandra", eine Frau mit kiebiger Teeniestimme, verliebte sich in einen gewissen „Messut". Mit ihm wollte sie nach Jerba auswandern, um glücklich zu werden.

Eine andere, leider etwas harrsche Frau, Meice C. 35, erinnerte an eine Hexe, und hatte eine Tochter die ausschaute als sei´s ein Kind vom Flammfuß.

Doch ihre Bar auf Malle lief schlecht.

Eine weitere dicke Frau (auch auf Malle) hat einen Bruder, der ein bekannter Schlagersänger ist, und sogar mal für den Echo nominiert wurde.

Heute erfuhr ich, daß Elefantenkuh „Sara" im Zoo Rostock leider gestorben ist.

Die ermordeten Geschwister aus Gütersloh, zwei ältere Herrschaften, die gemeinsam in einem Hause lebten, wurden zu Grabe getragen.

„In Liebe und Dankbarkeit", las man auf der Trauerbinde.

Onkel Dö bat um das dritte Kapitel.

Mittwoch, 8. Januar

Verhangen –
Vormittags, bis über das Mittagessen hinweg
aufgeklart und etwas Sonnenschein
zum Dämmer feuchter Nebel

Ich wurde in einen neblig-lichtgrau und feuchten Morgen gepflückt, dem ich mit frohem Mut entgegentrat.

Bald sah man mich durch den Wald „rasen". Die Gedanken fast immer in Petaluma oder beim Onkel Dölein. Dem Onkel hatte ich das dritte Kapitel bereits zugeschickt, und die stringente Bea erbat sich gestern spät auf ihre zwanghaft-hektische Art, die sich und der Welt suggerieren möchte, daß sie „zu tun" habe, daß man ihr das dritte Kapitel erst am Mittwoch schicken möge.

Ob die Aufsätze ersten Brüskierungszündstoff für Onkel Dölein beinhalten?

Ja, - vielleicht für meine (nicht ganz ernstgemeinte), in *seinen* Sinnen jedoch unmöglichen Vermutung, die Antitrombotika könnten ihn einkanalig gemacht haben?

„Nein. Unter diesen Umständen stelle ich die Korrespondenz für immer ab. Dies ist mir nun doch zu blöd!" denkt da Onkel Dö in mir, und meldet sich auch nie wieder, so daß ich auf 21 unabgeschickten Kapiteln sitzen bleib.

Wieder daheim:
Rehlein war ganz lieb und sah hinzu sehr süß aus. Doch einmal saß sie doch auf Kohlen, als Buz den Inhalt (feinstes Pulver) aus den Gelatine-Kapseln herausstocherte, um ihn in ein Glas Wasser zu schütten, das er dann in einem Zuge hinabkippen wollte.

Rehlein saß derothalben auf Kohlen, da man doch auf jedes Stäubchen dieses teuren Medikaments, das in Nanogrammen abgewogen wird, angewiesen ist!

Das „Pulver" hat aber die Heilpraktikerin nur von den Hornschichten ihrer Füße abgekratzt, und ein Gehilfe hat's dann in die Gelatine-Kapseln gefüllt.

Die besten Freunde die man zu haben glaubte, entpuppen sich somit als dreiste Betrüger, und so war auch gleich die Brücke zu einem Psychologat über die 34-jährige Sandra, die man gestern in „Goodbye Deutschland!" kennengelernt hat, gebaut: Sie verliebte sich in die Insel Jerba und einen ihrer Einwohner – den würstlbeinigen Messut, der sie allerdings dreist betrog!

Eine andere Dame aus Deutschland allerdings schien es ja doch geschafft zu haben. Sie heiratete einen Tunesier und lebt nun seit 36 Jahren sehr im Glücke mit ihm auf der Trauminsel.

Ich hätt´s plötzlich so sagenhaft interessant und spannend gefunden, wenn die Kanzlerin Merkel einem Herrn namens Messut verfallen würde. Sie würde einfach gegen ihren Willen immer tiefer in seinen Bann gesogen, und könnte überhaupt nichts dagegen machen.

Auf Buz wartete eine Hürde, die er gestern abend angesichts der bergenden Nacht, im Geiste doch schon so schwungvoll gewuppt hatte. Nun aber stand sie nackt und bloß wie eine hohe Bretterwand auf Buzens Lebensweg, und Rehlein beharrte mit dem streng ausgefahrenen Zeigefinger darauf, daß den schönen Worten nun auch Taten folgen mögen: Der Ministerin telefonisch den Marsch zu blasen! D.h., Buz sollte ersteinmal einen Termin abmachen. Im Internet fand sich eine ganze Liste an Telefonnummern, die sich auf dem Blatte so verheißungsvoll ausnahmen, und die ich ihm nun ausdruckte.

Freudig und dankbar nahm Buz diese Liste zur Hand, und blieb ganz lange im Arbeitszimmer kleben, während ich mich mit Rehlein über allerlei unterhielt. Z.B. in leicht satirischer Form über das, was sich in Buzens Kopf an der Abschußrampe zu wichtigem Tun wohl so abspielen könnte?

„Ob ich vielleicht ersteinmal den Hausmeister anrufe, um zu eruieren, ob die Ministerin wohl wirklich zugegen ist?"

Rehlein ist Unreifen dieser Art ja gewöhnt und stöhnte darüber.

Ich selber fühlte stellvertretend für Buzen einen Bammel vor der dümmlichen Arroganz der Ministerin.

Buz wollte sich wirklich mit ihr verabreden. Es habe allerdings geheißen, sie sei erst wieder ab dem 13.1. im Dienst. 5 Tage warmes Wannenbad extra.

Am Vormittag spielte ich ziemlich gut das Mendelssohn-Konzert. Doch nie nimmt Buz die Mühe auf sich, heraufzukommen, mir ein Kompliment zu machen, und zu fragen, wie ich das bloß so hinbekomme?

Hernach verschickte ich Karrieremails.

Anders als früher würze ich die nun individuell, so daß es etwas arbeitsintensiver ist. Ich würzte sie im Hinblick darauf, daß ich Beantwortungsschwung zu schüren hoffte, und hierzu galt's, einige Überlegungen anzustellen:

Der Mensch reagiert z.B. empfindlich auf Beleidigungen, die er so nicht stehen lassen mag. Doch diesen Punkt kann man als Bittsteller doch eher knicken, oder? („Blickt man auf das ärmliche Kulturprogramm Ihrer Kirche, so möchte man sich doch an den Kopf greifen! Das kann, das *darf* so nicht weiter gehen!!")

Ferner nimmt der Mensch sich wichtig, stellt sich gerne in den Mittelpunkt irdischen Geschehens, und macht sich gerne nützlich.

„Sicher können Sie mir helfen?!" bezapfte ich die Helferzitzen einer, wie ich hoffte, mütterlichen Sekretärin.

„Sie sehen auf der Webseite so freundlich und mütterlich aus!" hätte ich schon fast geschrieben, doch sicherheitshalber klickte ich das Foto nochmals an und mußte feststellen, daß sie ja doch nur matt, und hinzu nur für das Foto, lächelte.

Mittags gab´s drei zierliche Würstchen, suppige Schmetterlingsnudeln und zwei Riesenbrezen. Hinzu lief der Televisor: Polizeigeschichten:

Vor einer Ausfahrt saß in einem winzigen Auto ein etwas seltsamer Möbelpackertypus, und auf dem Autodach war ein Kasten mit Bier aufgestellt, den man „auf gut Glück" einfach so durch die Stadt transportieren wollte. Eine Seltsamkeit die auf leichten Irrsinn schließen ließ. Der Herr am Steuer war den Staatsdienern gegenüber hinzu unerhört ungehorsam. Zuerst stellte er sich taub, und dann wollte er das Radio nicht leiser drehen, weil wir doch in einem freien Land leben.

Wie immer hatte ich einen gesegneten Appetit, doch Schokolade ist in diesem Jahr neben allerlei Unfug erbarmungslos gestrichen, und Rehlein hatte zwar eine rote Lindor-Tafel gekauft, doch derer konnte man sich ja wohl kaum so bedienen, wie einem vorschwebte?

Buz rief seinen väterlichen Freund Herrn Schüt an, und zeigte sich wenig später mit einem frohen Lächeln auf dem Gesicht, denn das Telefonat hatte seinen Akku wieder aufgeladen. Der alte Schüt ist wahrhaftig immer noch da, und mit seinen 96 Jahren geistig hinzu noch immer top in Schuß!

Ich frug Rehlein, ob sie der Bea wohl schon mal eine gelangt habe, doch Rehlein erinnert sich an dererlei nicht. Rehlein erinnert sich nur, wie sie dem Hagerle eine langte.
„Mit 7 Jahren?" versuchte Buz eine juristisch relevante Tatabmilderungsstütze zu geben, doch Rehlein war da leider bedeutend älter – etwa 16 Jahre alt, und das Ganze geschah im Schmerz darüber, daß das Hagerle an Heilig Abend ein interessantes Buch, Rehlein jedoch „bloß" eine Schürze geschenkt bekommen hatte, und als das Hagerle dann auch noch ein Plätzchen von Rehleins Teller stibitzte, da war für Rehlein das Maß voll.

In Rehleins Zimmer ist's abends immer so schrecklich kalt, daß es mir vorkommt, als könne *Buz* eine Nacht in einem so kalten Zimmer gar nicht überleben? Schliefe Buz dort, und man schaue

morgens nach ihm, so läge er womöglich grünlich-
starr mit einer dünnen Eisschicht überzogen da?

Donnerstag, 9. Januar

dicht vernebelt

Ich träumte, *daß ich nach Grebenstein gezogen war, und
dort Fuß gefasst hatte. Einmal kam Ming zu Besuch, doch
Ming hatte sich verändert, und die Stringenz eines
vielbeschäftigten Mannes angenommen. Mehr noch: die
Stringenz eines vielbeschäftigten, trockenen Mannes!*
*Einmal versuchte ich einen Arm voller Kleidungsstücke über
die Straße zu balancieren, doch irgendwie hatte ich eine Spur
zu viel davon genommen, und andauernd glitten mir Teile
davon auf die dichtbefahrene Straße, was mir erboste
Anhupungen eintrug.*
*Dann wiederum mußte ich eigenäugig mit ansehen, wie jemand
im Dämmer auf der glitzrig gefrosteten Straße vor der
„Deutschen Eiche" einfach ausglitt!*

Beim Joggen dachte ich wieder an Dölein und Bea,
und ob die heut wohl in meinem Buche
schmökern?? Bzw. ob meine Schriften denen
überhaupt zuzumuten seien? Onkel Dölein z.B.
könnten jene Passagen sauer aufstoßen, die beschreiben, daß er in einer Depression stak, in welcher ihm

das Leben sinnlos schien, und der Bea wiederum jene, daß ihr einziger Sohn Riffi, meinem Gefühle nach, nicht im Zentrum ihrer Gedanken und Sorgen stünde.

Ich würd´ ja lachen, wenn´s tatsächlich so käme, wie von mir prophezeit: Daß das Rifflein seine 72-jährige Wirtin heiratet.

Großspurig nimmt das noch unkundige Beätchen brieflich den Mund voll: „Oh Schätzchen, das Rifflein darf heiraten wen er will! Ich red ihm da nicht hinein – der ist erwachsen!"

Doch dann wird das Beätchen ja mit der ganzen Wucht dessen, daß es tatsächlich so kommt, regelrecht bepeitscht!

„Nein. Das ist nicht die richtige Lektüre für die beiden. Es wird auch wieder Zeit, Goethe & Schiller zu lesen!" dachte ich ein bißchen für Dö und Bea.

Bald frühstückten wir:

Wieder sah man im Stuttgarter Zoo jenes garstig anzusehende Tier – einen rattenförmigen Nacktigel in einem schmuddeligen Weiß und einer unablässig schnuppernden langen Nase, das auch hi und da von Breughel und Bosch aufgepinselt worden war, so daß ich mich mit meiner Leidenschaft für Wimmelbilder immer sehr nach einer Breughel Ausstellung sehne.

Und was noch so geplaudert wurde?

Der Kämmerling habe mal einen „wissenschaft-lichen" Aufsatz über Beethoven-Bagatellen verfasst, und Rehlein empfand´s als Schwachsinn!

Ich machte eine schmähende Bemerkung über die Aufsätze, in welchen Max Rostal Beethovens Violinsonaten beschreibt, und fand´s schildbürgerlich, aber auch ein wenig lustig: Man beschreibt irgendwelche Werke, die man doch lieber *anhören* sollte!

Es schien mir direkt so, als wolle man seinen Gästen ein Süppchen beschreiben, statt es ihnen dampfend vorzusetzen.

Buz meinte, ich müsse nicht unbedingt mitkommen ins Midori-Konzert. Es sei sehr teuer, und Buz hat hinzu vielleicht Manschetten bekommen, sie spiele – zumindest für mein Kennerohr – gar nicht soo toll, wie er aus Schwung & guter Laune heraus beständig fremdgeprahlt hatte?

Rehlein las etwas über die Fragilität der Wissenschaft aus der ZEIT vor, und als sie mal etwas (harmlos) Vergangenheitsbewältigendes von sich gab, schüttelte sich Buz, als ob er Schüttelfrost habe, und begab sich rasch ins Musikzimmer um sein Augenmerk auf Wichtigeres zu lenken – die geigerische Scheologie, wie einige Töne bald verrieten.

Wieder fiel mir der Sprung „ins kühle Nass" der Tüchtigkeiten schwer!

Ich lieferte mir eine Antwort auf die Frage nach diesem seltsamen Phänomen hindess gleich selber: „Wenn ich weg bin, bin ich weg!" und so blieb ich vorerst sitzen und beplabberte Rehlein, wie ich fand – interessant! Ich erzählte vom „Kaiser von China", dem Schwiegersohn des Ehepaar Andreas´, der in dieser Geschichte, wie im wahren Leben ja leider auch, bereits gestorben war. Lustvoll verlor ich mich in den Details:

Wie *unerträglich* es zumeist war, wenn die Familie zusammensaß.

Bei Tisch gab´s immer recht bald Zoff zwischen Schwiegervater und Schwiegersohn, und dabei ging´s um die banalsten Dinge: Ob man Zäus oder Zeus, Zepedäus oder Zepedois sage (z.B.)?! Oder aber über Sinn- und Unsinn der Rechtschreibereform. Und dabei hatte Mutti Andreas stets so köstlich gekocht!

Doch die feinen Mahlzeiten wurden im Banne der Wortschlachten zwischen alt und uralt kaum wahrgenommen.

Am Vormittag wurden immerhin einige Briefe in die Umlaufbahn geschossen. Z.B. an Susanne Dieudonné, die ja gestern einen Früchtebrotbrief geschickt hatte, wo sie die herzlichsten Neujahrs-wünsche hinzu rotgefärbt hatte. Ihr, und später auch der Hilke schrieb ich, daß ich schon oftmals gedacht habe, daß mein Bekanntenkreis nichts tauge. Den sollte ich im Internet versteigern, und durch einen neuen ersetzen!

„Doch Dich will ich behalten!" schrieb ich meiner Ex-Stiefmutti Hilke nett.

„Bin ich für sie nichts als eine simple Bekannte?" dachte die Hilke in mir kurz.

Mittags war Buz verschwunden. Er sei zu einem Spaziergang aufgebrochen, und man sah ihn nicht mehr.

Rehlein im Sorgenstuhl hatte den „Standard" aufgefaltet, und über der Standard-Oberkante sah man das süße Schöpfle schimmern.

Der „Standard" hatte seine Leser nach ihren Weihnachtsfesten befragt und einige Antworten abgedruckt: Eine Dame hatte eine Anregung aus einer Frauenzeitschrift gezupft und den Weihnachtsbaum mit Scherenschnitten geschmückt, und dies habe wunderschön ausgeschaut!

Bevor sich Buz aus dem Nebel wieder herausgelöst hat, hatte ich es so geheimnisvoll gefunden, daß er einfach verschwunden war.

Vor dem Tore sah man Buz nun im hauchigen Nebel zunächst am Briefkasten hantieren, um wenig später nach Art eines Postboten mit zwei Zeitungen und einem Schundbrief in die heimische Stube zurückzukehren.

Draußen sei's leider arscheskalt und ungemütlich, berichtete Buz und schmiegte sich schlotternd an den Kachelofen. Für Buzen, nach dem Exitus von Omi Ella, („der schönste Platz auf Erden kann nur der Mutterbusen sein") scheint nun *er* der schönste Platz auf Erden.

Ich stellte mich neben den Fröstelnden, und plötzlich fiel mir so viel ein, was Rehlein ihrer Schwester so rübermailen könnte: Ständig könnte

Rehlein, die unglaublichsten Dinge schreiben. Z.B., daß ihr Mann auf geheimnisvolle Weise verschwunden sei!

Ich schrieb meiner Freundin Heidi, und an einer Stelle schimmerte mein spaßiger Charakter durch: Ich würde mich sehr gerne mit ihr treffen, doch hierfür wäre zunächst ein Frisörbesuch von Nöten, da auf meinem Haupt Buschalarm herrsche, so daß ich mich nicht aus dem Haus wage.

Ich wage mich nicht aus dem Hause, weil ein Frisörbesuch von Nöten wäre, und kann die Frisierstube nicht aufsuchen, weil ich mich nicht aus dem Hause wage, witzelte ich meine Freundin brieflich an.

Auch Pfarrer Gernot Wulkop hatte ich einen netten und wachrüttelnden Brief geschrieben, in den ich nun einiges an Hoffnung setzte.

Der Kirchenvorstand habe gemeint, das dörflich strukturierte Publikum in Kalefeld sei nicht die richtige Klientel für ein Barockkonzert auf der Violine, und ihm, der ziemlich nett scheint, schrieb ich nun viele frische und süße Sätze: Daß man sich seinen frischen Mut nicht nehmen lassen möge. Ich spiele kein Barockprogramm, sondern etwas Abwechslungsreiches, passend für das dörflich strukturierte Ohr.

Am Abend, als es dunkel war, duftete es bei uns so köstlich:

Rehlein hatte einen Käsekuchen gebacken, der es in sich hatte, und den man sogar warm essen durfte. Hindess erst nach einer Weile.

Buz las uns aus der ZEIT über den Prozess von Christian Wulff vor, und wir erfuhren, daß Maria Furtwängler als Zeugin ganz respektlos war. Als sie zu den Erlebnissen im Zelt beim Oktoberfest befragt wurde, sprach sie einfach auf tiefstem Busch-bayrisch, hatte die Lacher auf ihrer Seite, und ließ den Richter alt aussehen.

Der Käsekuchen mundete.

Wir sprachen über allerlei:

Wie Rehlein einst in Tokyo die Sinfonia Concertante von Mozart auf der Bratsche spielte. Doch Louis Graeler an der Violine war eifersüchtig auf das süßeste Rehlein, und schob sich dreist ans Mikrophon hin, bloß daß zu denken wäre, er habe den satteren Ton von beiden.

Viele Leute sind leider so komplexbeladen, da sie von ihrem Vater einst vermutlich immer mit Hohn & Spott übergossen wurden?

Unser Leben wird wieder ein bißchen aufregender: Eine TAZ-Reporterin besuchte Ming & Julchen in Aurich vier Stunden lang.

Leider schrieb mir das Beätchen eine Mail die mich ganz ratlos stimmte: Das Beätchen hatte meinen Brief so schlecht gelesen, und bar jeglicher Logik warf sie mir vor, daß ich aber „vieles völlig mißinterpretiert" habe. Besonders die Geschichte von Rodger & Tina (Stiefsohn und Stiefschwiegertochter) lag dem Beätchen so am Herzen. Aufgebracht und flügelschlackernd schrieb sie mir nun „den wahren Sachverhalt" auf. Doch ich sah in ihren Worten allenfalls eine Ergänzung zu dem was *ich* geschrieben hatte, und warum ich das wohl VOLLIG mißverstanden haben soll, erschloß sich mir nicht so ganz. Bang rotierten die Schrauben in meinem Kopf, zumal der letzte Absatz irgendwie so bitter und direkt aufrechnerisch herüberkam. In Pijing-Deutsch wurde mir nun einfach an den Kopf geknallt, daß sie sich durch mich „frustriert fuhle". Fast vorwurfsvoll, als sei ich ein faules dummes Ding, schrieb sie nun, daß sie ohne jede Hilfe von der Familie und vom Ric, drei und dann später fünf Kinder großgezogen habe, und dabei gelernt hat, daß alles flott, flott gehen müsse. Es klang seltsam barmend, so als habe ich vielleicht mit dem Finger auf sie gezeigt und homerisch Hohn gelacht? Natürlich hätte man nun auf Frauken- oder Anwaltsart meinen Brief in Bezug zu ihren haltlosen Vorwürfen setzen können, doch blitzschnell verwarf ich diese Idee wieder. Die Bea soll ja nicht denken, daß ich „Zeit zu haben scheine".

Besonders returkutschelig wäre natürlich gewesen, ich hätte jetzt geschrieben:

„Duuu scheinst ja Zeit zu haben! Mädchen, Mädchen....."

Zu später Stund rief Ming an, um zu verkünden, daß vor drei Stunden der Herr zu Knyphausen gestorben sei, und zu später Stund hab ich der Bea ja doch noch einen ziemlich netten Brief geschrieben: Ich äußerte wärmste Sorge über ihre Zehlein, und dann lobte ich sie und schmähte die Tina, der´s ja eh wurscht ist. Ich gab mir extra Mühe, die Tina ganz blöd zu finden, da ich ja bei Alice Miller gelernt habe, daß das Wichtigste *Empathie* sei.

Freitag, 10. Januar

Nach brummig verblasenen grauen Wolken
zu Tagesbeginn wunderschön

Beim Joggen:
Unter grauem Gewölk „raste" ich los, und in den ersten vier Minuten, kurz vor dem Poppingerschen Anwesen, knallte ich der Länge nach hin und zog mir morastige Knie dabei zu.
Wieder beherrschte das Beätchen meine Gedanken. Ich war eigentlich gar nicht mehr verärgert sondern schlichtweg ent<u>setzt</u> von so viel Unlogik, mangelnder Reife und Selbstreflexion. Zwar hab ich in meinem gestrigen Antwortsschrieb ganz viel (zu viel) hineingelegt, jetzt aber wurde ich das Gefühl nicht los, der Tina bitter Unrecht getan zu haben. Wäre ich

so wie das Beätchen selber, so gäbe es ja Krieg zwischen uns – nämlich einen echten Zickenkrieg! Ich schrübe: *„Niemand fühlt sich in Deiner Aura grundlos faul oder als schlechte Mutter! Ich selber fühle mich in Deiner Aura und Deinem Hang zum Fehlinterpretieren ja auch ganz schön unwohl: Als sog. „dummes Ding", das Pott raucht, dauernd herumnörgelt, ständig Typen anschleppt, und nach Schweiß müffelt!"*

Ich rannte und rannte – vorbei an einem goldenen Kuhfladen und weißgülden leuchtenden Hölzchen, die sich zwischen die knusprigen Blätter gemischt in Goldstücke verwandelt zu haben schienen, und dachte dabei noch viel mehr: Nämlich, daß mich nun auch das Ehedesaster mit dem Ric nicht mehr wundere, denn so was will und kann man sich als Mann nicht bieten lassen. So eine izzelige Zwiderwurz – ohne jegliche Selbstkritik! Das Beätchen benimmt sich schlecht, und verübelt dies ihrem Gegenüber!

Und im Laufe des Tages dachte ich sogar noch mehr: *Daß nämlich auch der Jesse eines Tages genug hat.*

Als spontaner Mann verlässt er die Bea nach dieser Erkenntnis sofort und kehrt auch nicht wieder.

Ganz kopflos gackert's die Bea zunächst ihren Töchtern auf den Anrufsbeantworter. Doch die haben keine Zeit für sie.

Dann beskypt sie uns.

„Aufgelegt oder abgelehnt."

Jetzt war ich im Morgenwind allerdings wieder daheim angelangt.

Ein Tag, auf den man sich freuen darf, war angeknuspert worden. Doch Sorgen habe ich derzeit auch: Meine Karriere stagniert völlig, und was, wenn die Hannelore, die mich dazu eingeladen hat, an ihrem 80. Geburtstag ein Konzert zu geben, völlig überraschend noch vor dem Geburtstag stirbt, oder aber das Konzert ganz und gar als „Geschenk" annimmt?

Rehlein am Kachelofen regte sich über eine Haydn-Sonate auf, die aus dem Radio scholl: Einfach nur metronomisch herabgeklimpert!
Nach einer Weile folgte ein Werk von Philipp Emanuel Bach.
Die junge österreichische Ansagerin klang sehr sympathisch: „Am Werk von Philipp Emanuel Bach [kann man sich einfach nicht satthören!"]← hatte ich gehofft und gemeint, daß der Satz weitergehen würde, doch es war bloß so, daß man an seinem prominenten Vater kaum vorbeikäme?
„Diese schöne Musik!" sagte ich bebend vor Ergriffenheit mitten in eine Generalpause hinein, und dann meinte ich auch noch (unreif), die Generalpausen seien nur dazu da, daß man die Entzückensausrüfe im Publikum hören könne?
Es folgte ein Werk von Grazyna Bacewicz, einer hypermanischen Polin, die so unendlich viel bewegt und gemacht hat im Leben: Komponieren, Geige spielen und vieles mehr.

„Ich kann in einer halben Stunde 28 Briefe schreiben!" brüstete sie sich, und zudem sei sie nach nur sieben Monaten auf die Welt gekommen, weil sie auf Erden sooo viel vor hatte.

Wir lachten gerührt zu den so fröhlichen und energetischen Worten einer Dame.

Auch auf den verstorbenen Herrn zu Knyphausen, der gestern um diese Zeit noch gelebt, und sein finales Frühstück auf Erden gemümmelt hat, wurde die Rede geschwenkt.

Rehlein hatte den Brief vom Beätchen gelesen, und war befremdet.

„Es interessiert mich ehrlich gesagt *nicht!*" sagte Rehlein wegwerfend über Beätchens aufgebrachte „Richtigstellung" im Falle Tina & Rodger.

Statt sich dafür zu interessieren, dachte sich Rehlein Returkutscheleien für mich aus, die ich der Bea schreiben solle, da in Rehlein der Rachdurst brennt und blubbert.

Rehlein suchte an einem Brief herum, in welchem ihr die Bea blöd gekommen war, sich allerdings wenig später entschuldigte, weil sie Rehleins schönen und reichhaltigen Brief einfach so überflogen und gar nicht gescheit inhaliert hatte.

Rehlein & ich liebten uns unglaublich.

Ich erzählte Rehlein, daß mich das Thema „Tina & Rodger" ganz wahnsinnig interessieren tät, und später feierten Rehlein & ich so etwas wie den 7. Advent. Es gab Rehleins köstlichen Käsekuchen und wieder schauten wir das Foto an, auf dem das Pröppilein ausschaut wie ein kleiner Herzog, und ich hätte dem Beätchen so gern das Bild geschickt, um mein Entzücken zu teilen.

Doch Rehlein wunk ab.

„Die Beate ist komisch!" sagte sie. „Ob die vielleicht eifersüchtig ist?" Und das „ei" von eifersüchtig sprach Rehlein in diesem Falle völlig entgeistert aus. Doch man glaubt's kaum, denn das Beätchen hat doch eigentlich von allem doppelt so viel wie Rehlein. (Doppelt so viele Töchter, zwar auch nur einen Sohn, doch die beiden Stiefsöhne zusammengenommen kann man ja auch in *einen* leiblichen Sohn umwidmen, und hinzu viermal so viele Enkel! – von den beiden Ehemännern ganz zu schweigen.)

Sollte sie Rehlein ihr einziges Enkelkind tatsächlich neiden?

Eher glaube ich, daß die Bea vielleicht selber gerne ein kleines Kind wäre, das von allen süß gefunden wird, und die ganze Zukunft noch vor sich hat?

Am Abend hatte Rehlein dann allerdings ein bißchen freundlicher an das Beätchen gedacht: Daß das Beätchen uns nämlich immer so wunderbar bekocht hat. Rehlein hatte zu diesen Gedanken ein Foto von sich herausgesucht, wo sie tatsächlich wie die Degerlocher Oma ausschaut, und diese schöne Photographie soll das Beätchen nun bekommen.

Zu vorgerückter Stund kehrte auch unser Familienoberhaupt von der Arbeit heim, und brachte eine riesengroße Pralinenschachtel von Julia Kim mit. Buz stak in einer sehr warmen und gerührten Stimmung, in die ihn die dankbare Schülerschar hineinversetzt hatte, und die er nun zusammen mit der Pralinenschachtel in der Eisenbahn mit nach Hause transportiert hatte, und umarmte mich herzlich.

Rehlein hatte der Bea heut geschrieben, doch bekümmerlicherweise schien mir dieser Brief nun doch sehr negativ getönt. Darin las man Folgendes: Ich hätte ihr Buch kopiert und abgeheftet, doch leider sei die Schrift so ungeschickt abgeklemmt, daß man an jeder Zeile den ersten Buchstaben nicht lesen könne – stöhnte Rehlein einen zwischen den Zeilen regelrecht an! – und so habe Buz es bald genervt beiseite gelegt.
In den Sinnen vom Beätchen schien's nun so, als hätte ich's auf diese Art, töricht wie ich nun mal bin – binden lassen, und erst hernach, als das Buch fertig war, da hätte es geheißen: „Herrje!"
Denn, daß es sich dabei nur um eine simple Klemmappe handelte, hatte Rehlein nicht geschrieben.
Das Wetter sei scheußlich, sie bekäme keine Luft, die Hausarbeit sei ihr zuviel, und dann erzählte Rehlein noch das Drama um Julia Kim, die von der bösen Tänzerin Yun Tang um 150 €uro geprellt worden ist.

150 €uro, die die arme Julia Kim so gut hätte brauchen können. Und die schöne Pralinenschachtel die Buz mit nach Hause gebracht hatte, blieb in diesem Briefe unerwähnt, so daß das Beätchen denken könnte, daß es in unserem Leben überhaupt keine Freuden gibt?

Endlich Feierabend!
Nein, kein Lebenszeichen mehr aus Amerika.
Buz und Rehlein spielten ein Rummikub, und ich schaltete das Nachtcafé mit dem Allerweltsthema „Es ist nie zu spät!" ein.
Man lernte ein verknorzeltes Ehepaar kennen, das erst spät den bedeutungsschweren Schritt in die Ehe gewagt hat. Beide um die 83.
„Den hätte jede gerne genommen!" scharmierte die Frau beifallsheischend über den entzückend lächelnden Tatterich an ihrer Seite, mit seinem kartoffelförmigen Kopf.
„Biddö??" sagte ich für den Herrn.

Samstag, 11. Januar

Bewölkt

Ich träumte *vom Kirschneroth, der in diesem Traume trotz seiner charismatischen Ader gestresst und unausgeschlafen*

79

wirkte. Kein Wunder! Wegen seinem Gezeiten-Gschnaas hörte man <u>schon wieder</u> das Telefon klingeln.

Dann wiederum befanden wir uns vor jenem bleichen Haus auf dem Lande bei Grebenstein, in welchem ich eine Wohnung zu beziehen gedachte.

Buz stand auf dem Acker, die schicken Schuhe zur Hälfte schmatzend in der Erde versunken, und führte ein sehr vertrautes Händi-Telefonat. Mich beschlich eine Ahnung:

„Wen rufst Du denn da an?!"

„Biddö?"

„.." .."

„Ach so. Die…Hilke!" Für einen Sekundenbruchteil schien Buz am Namen herumzuringen, um sich nicht gar zu verdächtig zu machen.

Buz hatte endlich mal initiativ sein wollen, und die Hilke dazu eingeladen, morgen zum Anstreichen zu erscheinen.

Traumesunlogischerweise galt's hindess, die Wände und die Porzelanfigürchen in den Regalen anzustreichen.

Doch Buz konnte doch nicht einfach jemanden zum Anstreichen herbeordern, wenn ich mir doch noch überhaupt nicht sicher war, ob ich dort überhaupt hinziehen wolle!

Da tönte der Wecker.

Beim Joggen am Echosaum dachte ich wieder an die Bea, wenn sich die lastenden Gedanken mittlerweile auch so allmählich etwas abschwächen.

Nun aber dachte ich allerlei: Daß das Beätchen – nach Außen hin scheinbar unbestechlich ehrlich, (fast schon auf norddeutsch plumpe Weise) sich nach Art von der Edith in „Ediths Tagebuch" ganz viel in die Taschen lügt. Beätchens Ehe ist keinesfalls so glücklich, wie sie uns glauben machen will, und auf Grund ihrer Unlogik, ihrer Unfähigkeit zur Selbstreflexion und dem selbstzerstörerischen Zwiderwurzenthum, das den Opa schon immer zur Weißglut gebracht hatte, ist das Beätchen vermutlich bei allen ganz unbeliebt. Etwas, das sie durch unerhörten Ems in der Küche zu kompensieren sucht.

In Wirklichkeit hat ihr der Rodger den verhängnisvollen Brief aus freien Stücken geschrieben. Gern tat er es nicht, aber nicht weil er der Tina nach dem Munde schrieb, sondern weil er die zu befürchtende Izzldusche seiner Stiefmutter Bea fürchtete.

Die arme Tina war nach jedem Besuch bei der Stiefschwiemu immer so fertig mit den Nerven. Der Besuch bei der Stiefschwiemu war für sie meist eine Folter jener Art, als schaue man in den Spiegel, und erblicke einen gänzlich anderen, unangenehmen Menschen.

Dies, da ihr die Bea pausenlos das Gefühl gab, eine schlechte Mutter zu sein, und schon wieder eine Verfehlung begangen zu haben.

Rehlein am Morgen war ganz süß.

Nach einer Weile trat der bettvermulmte Buz hinter dem Bühnenvorhang hervor. Buz sah ganz dünn, und doch irgendwie pröppig aus, wie ein kleiner Buttjée.

Wir setzten uns nieder und frühstückten los.

Rehlein hatte wenig Erbauliches aus dem Radio zu berichten: Die staatlichen Stellen in Rumänien hatten „dem kleinen Manne" einfach die Heizung ausgeschaltet, weil das Schicksal eines Einzelnen dort nicht interessiert.

Eine Mutter machte somit ganz unprofessionell ein Feuerle, infolge dessen ihre 13-jährige Tochter an einer Rauchvergiftung starb.

Eine andere Familie erfror zur Gänze, und sogar das kleine Baby war mit einem Eisfilm überzogen.

Da dachte ich beim Gang in den Keller schaudernd, wie das wohl so sei? Ok – man *könnte* wiedergeboren werden, doch darauf, womöglich in eine rumänische Großfamilie hineingeboren zu werden, verspürte ich wenig Lust.

Ich schaute mir wieder die Pröppi-Fotos an und erwog erneut, dem Beätchen jenes Bild hinüber zu mailen, auf welchem das Yaralein wie ein kleiner Herzog ausschaut. Doch Rehlein riet davon ab, denn Rehlein mutmaßt, daß die kleine Yara dem Beätchen gar nicht so recht sei. Der Bea schmeckte es als Einziger nicht so ganz, daß das Ofenbacher Haus Rehlein allein gehören solle, da sie im Ofenbacher Anwesen ja auch ein sprudelndes Goldquell für ihre vier Enkelkinder wittert und vermutet.

Auf Jorberg-Art wäre das Beätchen hinzu gern über ihren Tod hinaus kontrollerisch tätig, was bedeutet, daß sie vermutlich steinalt, wenn nicht gar eine der ältesten Frauen aller Zeiten wird, denn bei der Erb-

Vergabe des Ofenbacher Anwesens an die in die Jahre gekommene Yara, möchte das Beätchen schon noch ein Wörtchen mitreden.

Ich schaute auf das süße kleine Yaralein in dem Fotobändchen drauf, dachte dabei allerdings an die Bea, in deren Inneren sich erste Schwefeldämpfe zu bilden drohen. In Amerika nervte sie Rehlein mal mit einer unsinnigen Frage nach der Steuer, die Rehlein einfach nicht verstehen konnte, und wurde hinzu noch ganz ungeduldig dabei.

Über die Bea dachte ich noch etwas weiter nach, bevor die Gedanken dann nachließen: Ich dachte, daß ich beim Thanksgivings-Fest bei Roberta und Jim, wo jeder sagen sollte, wofür er dankbar sei, hätte sagen sollen: „Ich bin sehr dankbar, daß der HERR mir eine Tante geschenkt hat, die mir den Weg weist, wie man *nicht* sein sollte."

Heute erwarteten wir einen Anruf der investigativen TAZ-Journalistin Christina Ludwig, so daß ich beim Essen kurz an die „Frau Beimer" unter den Sängerinnen, „Christa Ludwig" denken mußte.

Ob es die wohl noch gibt?

Wieder gab´s ein köstliches Essen, das den Appetit schürte, statt ihn zu dämpfen. Dunklen Reis, Sojageschnetzeltes, Kohlrabi und Rohkost. Hierzu lief der Televisor: Richter Alexander Hold.

Verhandelt wurde der Fall des jungen Marius, der an seinem 14. Geburtstag mit einer Alkoholvergiftung ins städtische Spital eingeliefert wurde. jährigen sind ja zumeist – zumindest in Horden - saublöde Jugendliche, und mit so etwas muß sich nun die arme Hilke abpeinigen! (Bis die juvenile Blödheit in jenen Lebensabschnitt mündet, wo man sich an der Schwiegertochter herumgrämen muß.

Karl-Heinz K.

Rehlein war plötzlich auf den Kämmerling zu sprechen gekommen, und parodierte den Unterricht dem sie im Sommer 1976 in der Auricher Musikschule beigewohnt hatte.

Der Kämmerling scharte eine ganze Herde arroganter älterer Damen um sich herum.

Damen, die ihn anhimmelten und bewunderten, und ihre Cigarettenpause immer dann absolvierten, wenn jemand aus Ostfriesland spielte.

„Gott ach Gottchen!"

Als Rehlein mal eine kritische Frage stellte, bogen sie den Kopf in den Nacken, um entgeistert damit herumzuwackeln.

Mit dererlei hab auch ich meine Erfahrung, und so erzählte ich die Geschichte vom „Abendlied" in Hornberg, das sich der Geistliche, Herr Koppelstätter, für sich und die Hörerschar als Zugabe gewünscht hat.

„Weiß denn dieser unmögliche Mensch nicht, daß das „Abendlied" doch für den Chorgesang und nicht für die Violine komponiert ist??!" schien das Gewackel der leicht abgewinkelten Köpfe ausdrücken zu wollen.

Buz erzählte uns die rührende Geschichte von der Küsterin in Bagband die den Segen sprach, und bekam dabei direkt Tränen der Rührung in die Augen.

Hernach wurde ich zum Brotkauf entsandt.

Die Freude fuhr mit, denn Onkel Dölein hatte so nett geschrieben, und vier Fotos aus dem Jahre 1987 geschickt, als ich noch jung und hübsch war.

Dann machte mir der Onkel Komplimente zum Petaluma-Report.

„Gelegentlich das 5. Kapitel", orderte er, und frohen Mutes fuhr ich durch die Nacht zu Billa.

In der BUNTEN las ich ein Interview mit dem Vater von David Garret – Herrn Bongartz. Es heißt, der David habe eine entsetzlich harte Kindheit gehabt, und mußte 8 Stunden am Tag üben.

Vorwurfspfeile, die dem sensiblen Herrn Bongartz tief in die Seele trafen, und die er so nicht auf sich sitzen lassen mochte.

Einmal mußte der David binnen kürzestem komplizierte Paganini-Capricen lernen, und die Ina in "Inas Late Show" sagte etwas übermütig und über´s Ziel hinausschießend: „Ich hätte dem Arsch gesagt: „Spiel es selber!""

Und daß der Herr Sohn diesen respektlosen Satz einfach so stehen ließ, griff dem Vater ans Herz.

Abends beskypte uns Ming.

Zwar mit einem neuen mobilen Skypegerät, mit welchem man durch die Wohnung laufen kann, so doch leider sehr grob aufgepixelt, so daß man z.B. das Pröppilein mit seinem großen runden Kopf nur ganz ruckweise und hinzu völlig verwaschen sah.

Das Pröppilein schien mir ganz ernst. Es sollte „Winke-Winke" machen, fuhr die Hand allerdings eher zu einer gönnerhaften Geste aus. Ähnelnd vielleicht einem Klavierprofessor, der scheinbar Wichtiges betreibt, und einem durch diese Geste zu bedeuten sucht, daß keine Zeit vorhanden sei.

Rehlein legte sich ins Bett, da ihr leicht übel war. Davon fühlte ich mich so niedergeschlagen, als sei Rehlein bereits verstorben. Zweimal behauchte ich die Türe mit einem zarten Kuß, und beim zweiten Mal bildete ich mir ein, das Ticken einer Uhr zu vernehmen, wovon ich mich noch niederge-schlagener fühlte.

Ich trat an das kleine Tischlein im Musikzimmer, wo Buz konzentriert an seinem Buch arbeitete.

Mit meinem weichen und warmen Bettflaschen-pferdchen bebusselte ich den Arbeitsamen.

Sonntag, 12. Januar

Zunächst brummig-graue ziehende Wolken.
Doch dann wurde es freundlich

Am Morgen freute ich mich sehr, weil Rehlein nach der gestrigen leichten Übelkeit nicht nur noch lebte, sondern hinzu auf der Schokoladenseite steckend in einer Gymnastikpose stak.

Ich rannte los.

Die Poppis haben ihre Weihnachtsbeleuchtung abgenommen, und das Haus lag so leblos im Walde.
„Sie sind ermordet worden!" dachte ich niedergeschlagen, weil sich die Fröhe bei mir nie sehr lange hält, und sich ständig sorgenzerfurchte Gedanken dazwischen schieben, und weil die Lage der kleinen aber feinen Poppingerschen Villa für einen primitiven Lustmörder geradezu ideal wäre.
Kein fröhliches Hundegebell mehr – kein gar nichts!

Kurz vor jener tausendjährigen Eiche, die zum Echosaumweg führt, befanden sich zwei kleine Pferdeäpfel aus Gold auf dem Pfade, die mich allerdings schmerzlich daran erinnerten, daß ich ja gar nichts mehr verdiene!

Wieder daheim:
Leider staken Buz und Rehlein grad in einem knatschert anzuhörenden Zank, wobei Buz eher etwas pubertär und unartig klang. Doch letztendlich ging es nur um zwei Hemden, die gewaschen werden sollten.
Die Hilke hatte geschrieben, und schilderte die Vorbereitungen für das Triokonzert dem man sich in freudigem Lampenfieber entgegenbewegt.
Für die Menschheit mag das kleine Triokonzert, das die drei Damen ausgerechnet am Geburtstag des jüngst verstorbenen Herrn zu Knyphausen veranstalten, ein kleiner Schritt sein – für die Hilke hindess ist´s jedoch wohl ein Meilenstein in ihrem

Leben, hinter welchen zu blicken die Gedanken-
reichweite gar nicht ausreicht? Auch die Kleiderfrage
bereitet der Hilke Kopfzerbrechen. Man ist in einem
Alter angelangt, wo man praktisch in allen
Kleidungsstücken doof ausschaut, und um zwei
Stunden lang in einer Boutique in Kleider ein- und
auszusteigen, gebrichts der Hilke schlicht an Zeit!

Ihr Schüler Eberhard habe sie zu seinem 50.
Geburtstag eingeladen, der in München ganz groß
gefeiert würde.

Johannes Neckermann schickte keinen Dürrzeiler,
sondern lediglich ein Dürrwort, das allerdings sehr
backenaufpumperisch rüberkam: „Wow".

Beigefügt war ein ellenlanger Artikel über Florian
Homm, der zum Entsetzen aller die ihn liebhaben,
womöglich in die USA ausgeliefert werden soll. Dort
wird ihm in Los Angeles der Prozess gemacht, und
ihm drohen trotz seiner MS-Erkrankung 225 Jahre
Haft! Dies sei „so gut wie beschlossen", und
während ich in Kalifornien doch die Tage gezählt
habe, bis wir endlich nach Europa zurück dürfen,
sind die Tage des multipel Gebeutelten auf
europäischem Boden bereits gezählt! Der arme Herr
tat mir so wahnsinnig leid! MS, Mutter todkrank –
geschieden ist er ja auch noch!

Man muß sich ja auch mal klarmachen, was viele
Leute für schwere Schicksalsschläge hatten: Da *kann*
man einfach nicht mehr richtig ticken.

Das arme Beätchen z.B:

Ihre erste große Liebe, der Raffi, ein gottesfürchtiger Jude, zog in den Krieg, und trat ihr Flehen und Bitten daheim zu bleiben, einfach mit Füßen. Die nächste große Liebe, der Ric, erwies sich als Arsch, oder zumindest Teilarsch (falls es so etwas gibt?), und ihr ältester Sohn Erik kam tot auf die Welt!

Rehlein und ich druckten den Artikel über Florian Homm aus, der immerhin drei Seiten lang war, und Rehlein wollte in rothfußscher Übertreibungsmanier auf *gar keinen Fall*, daß er farbig ausgedruckt wird. Als aber das erste Blatt an Land gerattert war, sah und beklagte man sodann die Bescherung: Das Foto des gestrauchelten Zweimeter-Mannes, der sich so gut es eben ging, hinter einer schwarzen Sonnenbrille zu verbergen suchte, war nämlich doch farbig erschienen. Mehr noch: Bei der Rückseiten-bedruckung hatte Rehlein leider vergessen wie herum das zu bedruckende Blatt wohl einzulegen sei? Dann war's falsch, und das Blatt durfte als verdorben bezeichnet werden.

Rehlein unternahm am Kopiergerät nun selber den Versuch das Gedruckte auf schwarzweiß umzu-krempeln, und stattdessen quollen auf einmal die Noten vom „Ave Verum" hervor, die Rehlein unlängst vergebens gesucht hatte.

Jetzt lachten wir aber doch!

Rehlein wusch Buzen das Haupthaar, und hernach gab's ein Geschrei wegen der Frisur, die Buz sich wünschte, um seinen Schülerinnen einen „vernümpftjen" Anblick zu bieten. Später schrie Buz mal auf, weil er gemeint hatte, Rehlein hätte ihm mit der Schere in die Wange geschnitten. Es war allerdings bloß das Scherenende, das Buz in die Wange *gezwickt* hatte. Nach einer Weile zeigte sich dort ein kleiner schwarzer Fleck, und dies tat Rehlein sooo leid.

Mit viel Freude knetete Rehlein an einem bleichen Hefeteig herum, und ich sollte den nebenan im Musikzimmer sinnlos vor sich hinübenden Buz dazu animieren, etwas Gescheites zu spielen. Forsch, wie eine 3-Jährige, trat ich an den Übenden hin um ihm dampfende Buchstabensuppe aus dem Trog meines Erfahrungsschatzes anzubieten.

Doch der Mensch macht sofort dicht, wenn er selber Zielscheibe der Kritik wird.

„…das wird sonst nicht besser!" sagte ich, weil man ja weiß, wie das kontrollierende Spiel einen immer bloß hemmt, statt zu beflügeln.

„Was soll nicht besser werden?" frug Buz, und stellte es so hin, als würde *ich* immer bloß durchspielen und nichts verbessern. Ich könne wohl kaum den letzten Satz vom Mendelssohn-Konzert aus dem Stehgreif spielen?? sagte Buz herausfordernd. Tatsächlich wagte ich´s vor Buzens Argusohren nicht, doch später als Buz zu seinem mittäglichen Spaziergang im Sonnenschein entsandt worden war, spielte ich ihn mir oben selber vor, und hinzu nicht schlecht.

Am Kachelofen stehend machte ich mir etwas Luft über den so armselig klingenden Brief von Jeremy Menuhin, der die E-Mail Adresse eines Chen Halevi erbat, frohe, aber völlig substanzlose Neujahrswünsche davor setzte, und eine „Gratulation!" zu unserem gewonnenen Prozess aussprach.

Worte, die bei mir einen faden Nachgeschmack hinterließen.

„Menschen die so dürftige und anämische Briefe schreiben, sind für mich als Künstler nicht ernst zu nehmen!" ereiferte ich mich.

Mittagessen:

Beim Mittagessen erzählte ich von Hitlers Kindheit, und erst jetzt beim Erzählen fielen mir die Parallelen zum Fall Werner K. auf. (Einem Knästling, der den Hafturlaub dazu genutzt hatte, eine ganze Familie zu ermorden.)

Hitlers Vater war sehr grob. Aber eigentlich war es gar nicht sein Vater, sondern einfach irgendein Herr.

Eine äußerst ungute Voraussetzung für ein Knabenleben war somit gegeben: Die Mutter lernt einen neuen Mann kennen, mit dem sie nochmals völlig neu durchstarten, und die Brut von früher am liebsten ungeschehen machen würde.

(„Das war ein anderes Leben für mich!")

Nein, das hat sie nicht gedacht. Sie dachte eher: „Dös wuar ö oundrös Leba für mi!" (So wie man in Braunau zu denken pflegt.)

Hinter dem Hause vom Deak zeigte sich ein unglaublich intensiv und rosagetönter Sonnenuntergang wie in Afrika, von dem man die Augen nicht mehr abwenden konnte.

Ich übte Bartóks Solo-Sonate, und wertvolle Erkenntnisse über dieses Werk wirbelten mir währenddessen wie von selbst durch´s Hirn.
Die Fuge verwandelte sich in einen Ehedisput: Ruppig gegen flehend.
Eine Auseinandersetzung zwischen den Eheleuten Bartók nach der Übersiedlung in die trostlose Fremde.

Buz beantwortete den anämischen Brief vom Jeremy Menuhin, der schon seit dem Morgen auf Rehleins Mail-Spieß stak.
„Da schau her. DEM schreibt er, und mir nicht!" grollte es sich in mir zusammen, und jetzt brachte ich einen Satz an, den ich diesem Antwortschrieb so gern heimlich hintangefügt hätte:
P.S. Ich will nicht verhehlen, daß ich ein wenig verwirrt* bin, daß jemand, der so ärmliche Briefe schreibt, sich als „Künstler" versteht?!
*diesen Ausdruck benutzte der Jeremy selber mal in einem leicht pikierten Dürrzeiler an Ming. Da sich die meisten Musiker nur melden, wenn sie pikiert, verwirrt sind oder Geld brauchen.

Rehlein nahm ein Bad, das sie bis über die 20 Uhr Hürde, wenn nach den Nachrichten wieder Müdigkeit angesagt wäre, hinüberschwemmen sollte. Eigentlich hätte im Radio nun ein Trioabend mit Christian und Tanja Tetzlaff laufen sollen, doch der divenhafte Christian hatte abgesagt. Stattdessen hörte man Orchesterwerke von Ligeti, die das badende Rehlein sehr ansprachen. So sehr, daß Buz, der doch eben seine Geige gestimmt hatte, zum Schweigen verdonnert wurde, und seinen Platz im Flügeleck hinter seiner Violine mit jenem am Kachelofen austauschen mußte.

„Ist das nicht ein bißchen sehr leise?" frug Buz über das moderne Geknister aus dem Radio.

„Bittttte!!!!" zischte Rehlein fuchsig aus der Wannenflut heraus.

Beim Abendessen war Buz ganz still und fern. An der Wange die kleine Blutblase, die Rehlein ihm beim Haareschneiden aus Versehen dahingezwickt hatte.

Telefonat mit der Mika zu später Stund:
Die Mika war heute in Freiburg und lernte ihre Nichte Yui kennen. Auf einer Skala zwischen 1 und 10 sei der Süßheitsgrad des Babys bei 8-9 anzusiedeln.

Mit diesem frischen Wissen behaftet, busselte ich nun an Rehlein herum, und über Mikas zwielichten Schwager Pedro erzählte ich Rehlein wertungsfrei im

Tonfall, er drehe krumme Dinge, um zu Geld zu kommen.

Dann stöhnte ich noch über Mikas greisen Onkel Theo, der mich so an den hochvergrätzten Reich-Ranitzky errinnert habe, bloß ohne dessen feinen Humoreszug im Gesicht, und hinzu übelriechende Zigarren qualmte, so daß Mikas Kusine Christiane fast schlecht geworden wäre.

Montag, 13. Januar

Zuckriger Eisfilm bis Mittag.
Minusgrade – allerdings Sonnenschein

Am Morgen raste ich wieder los, nach außen hin zielstrebig, doch mit meinen Gedanken wußte ich nicht so recht, wohin? Zwar werden sie hi und da noch nach Petaluma geschwenkt, aber ich weiß gar nicht, was ich über das Beätchen noch denken soll, da es mir so fremd geworden ist.

Bei so manch einem einsam stimmenden Klogang fühle ich mich direkt so, als sei mir ein wichtiger Halt im Leben, an den ich mich vormals so gut anlehnen konnte, einfach umgefallen: meine Tante Bea.

Erst jetzt wird klar, daß es nur eine Haltes-Attrappe war, an die ich mich im Geiste immer gelehnt hatte.

Daheim hörte man mich bald laut lachen: Onkel Dölein hatte zwei Fotos geschickt. Auf einem sah man eine Sträflingskolonne, und der Onkel hatte den Kopf vom Landschaftsgeneral Bärenfänger (gleich zweimal) und auch jenen vom Präsidenten Collmann auf die Sünderkorpüsse geschraubt, so daß es mich als entschiedene Gegnerin der Methode, jene, denen man zürnt, durch Nichtbeachtung zu strafen, regelrecht in den Fingern juckte, das Foto mit ein paar launigen Zeilen versehen, an die Ostfriesische Landschaft zu schicken.

Gebannt lauschte ich beim Frühstück Rehleins Erzählungen über die junge Bea, mit der es schlimm gewesen sei:
Rehlein selber wäre so gerne auf ein Internat geschickt worden, dieweil sie ihre kleine Schwester einfach nicht mehr ertragen konnte. Ständig piesackte sie Rehlein, wenn Rehlein beispielsweise mit ihren Hausaufgaben beschäftigt war, versteckte die Stifte und betrieb Unfug, und Rehlein wollte doch möglichst rasch fertig werden, um sich Schönerem zuzuwenden.
Mobbl konnte das Gestreite der Schwestern einfach nicht ertragen.
Mitten in diese Erzählung hinein wetzte Rehlein plötzlich wie von Sinnen los, um den gelben Sack hinauszustellen.

„Der gelbe Sack!" murmelte ich vor mich hin, und meinte damit den Xie, einen Chinesen aus unserem Bekanntenkreis.

Zurück zum Beätchen:

Später mußte das Beätchen für's Schümnasium büffeln, während Rehlein in der Küche zu helfen hatte.

„Dienschtmädle, Dienschtmädle!" rief die Bea mit ihren Freundinnen vor dem Fenster, und Rehlein fühlte sich so gedemütigt.

Das Beätchen war immer nur eklig zu Rehlein.

Doch dann saß es eines Tages im Zug nach London.... Zu Rehleins Worten sah ich alles so plastisch vor mir: Den eisbehauchten Zug in winterlichem Sonnenglitzern, die eitle Bea mit ihren gestriegelten Locken aus purem Gold, auf dem rotgepolsterten Abteilssitz, den Kopf voll mit versnobten und egomanen Gedanken, zumal sich alles in ihrem Leben nur um *sie* drehte.

Und auf dem Bahnsteig das süßeste Rehlein, zunächst pünktchenklein, das so lange atemlos an der Eisenbahn entlangrannte, bis es die kleine Bea gefunden hatte, und ans Fenster klopfte.

„Hääää, was machsch duu denn hier??!"

„Ich wollte dir eine gute Reise wünschen!" sagte Rehlein atemlos, und hatte ihrer kleinen Schwester noch ein kleines Portmannjö besorgt, damit man die deutschen und englischen Münzen gescheit separieren könne.

Da war die kleine Bea mit einemmale gerührt, tief beschämt und bestürzt über ihr eigenes Benehmen in letzter Zeit, und nahm sich auf der ganzen Reise vor, in Zukunft immer nett zu Rehlein zu sein, und war dann hernach auch immer bis meistens nett.

In gewisser Weise ist ja der Winter zurückgekehrt da am Morgen alles – allem voran mein Auto - eiskristallen überzogen war, und zur Mittagsstund als die Sonne schien, war es immer noch glitzernd verkrustet.

Ich lenkte die Rede auf Beas Sohn Rifflein, weil ich mir vorstellen könnte, daß das Gesuch, 14 Tage lang bei den Eltern leben zu dürfen, eine demütigende Bittstellung für den Wurzellosen sein könnte? Das Beätchen lässt ihn womöglich unentwegt spüren, daß dies keine Selbstverständlichkeit ist, und daß 14 Tage doch ein ziemlich starker Tobak seien.
Mal ein Wochenende ist OK, aber solch eine lange Zeitspanne?
Rehlein erzählte wieder die für sie pikierende Episode mit Beas Exmann Ric:
Er mit seiner unheilvollen Ausstrahlung, die das ganze Familienklima verdarb, schaute sich während Rehleins Besuch im Jahre 1982 einen Film an, doch dann drehte er ihn einfach ab und sich zu Rehlein hin, (eine Formulierung wie vom Kabarettisten Frank Golischewski: „Das Krankenhaus stand nicht nur am Rande der Stadt, sondern auch des Ruins"

Hahaha!) um sich scheinbar interessiert danach zu erkundigen, wie das denn nun so sei mit Buzen? Warum er kein Professor geworden wäre, und kaum Konzerte gäbe – obgleich er doch ein so großer Geiger sei?

Rehlein fiel es so schwer, diese anstrengende Frage angemessen zu beantworten, und mitten in Rehleins kunstvolle Ausführungen hinein, zu denen man natürlich auch etwas ausholen mußte, erhob sich der Ric, dieweil um 22 Uhr Bettgangszeit bei denen herrschte, und das Beätchen folgte ihrem Gorilla auf hündchenhafteste Weise. Ihr ganzes Selbstbewusstsein war in Rics Aura schlagartig hinweggewischt.

„Äääawrika! Du weißt wo alles ist?! Gut´s Nächtle!" (Und wegwarse.)

Darüber mußte ich lachen. Ein böses, diabolisches Lachen für eine blöde Ziege, der ich z.Zt. leider bös bin.

Rehlein hatte mir nämlich erzählt, daß das Beätchen mal ein so ekelhaftes Getue um ihre Fotoalben gemacht hat, die ich angeschaut, und angeblich „völlig falsch" wieder eingeraumt habe – doch Rehlein hat mich so liebevoll verteidigt, wie es nur eine Mutter kann.

„Die Kika schaut so gerne Fotos an!" hatte Rehlein so goldig gesagt. Und außerdem hatte ich die ganz richtig eingeräumt.

Einmal frug mich Rehlein, ob ich im März denn auch schon etwas vorhätte?

Ja, da gehe ich auf den 80. Geburtstag von der Hannelore.

„Das ist doch kein Beruf!" sagte Rehlein ganz entgeistert.

Abends stürmte ich nochmals hinaus, um mein Auto mit einer dicken Decke vor der Kälte zu schützen, so daß es sich im Mondeslicht direkt wie eine kleine Hochzeitskarosse ausnahm. In der Ferne hörte man die Irene durch ein Händi bellen.

"Dös is die Ääarika!" sagte sie soeben, während ich das Gatter für Spätheimkehrer Buz öffnete.

„Naaaaa, dös is die Franziiijska!" sagte ich muhend auf niederösterreichisch, da mich die Irene lose zu stimmen pflegt.

Wir warteten auf Buzen.

Ich lehnte mich an den Kachelofen, schaute in die Nacht hinaus, und wurde mit jeder Minute mutloser.

„Er ist tot", murmelte ich. Dann stellte ich mir noch vor, daß er schließlich doch käme, doch nicht mehr Jener sei, den man kannte. Irgendein Fremder ist in seine Hülle gestiegen, und hat Besitz von ihm genommen.

Endlich sprang das Licht an der Garage an, und gottlob ist Buz doch noch der Nämliche gewesen, und war hinzu ganz lieb gestimmt.

Gemeinsam schauten wir einen Thriller mit Heino Ferch, der zu Beginn immer bloß ein ernstes Gesicht machen mußte.

„Das kann ich auch. Da wird er ja schauspielerisch überhaupt nicht gefordert!" maulte ich.

Dienstag, 14. Januar

Grau und brummig bis klar.
Als es dunkel war, hörte man es leise regnen

Kleine Neuerfindung in meinem morgendlichen Ritual, mich geschwind aufzusatteln, um nach einem kurzen Grußaustausch mit dem gymnastisch verbogenen Rehlein unverzüglich dem Echosaumweg entgegenzustürmen: Ich lasse die Stopuhr loslaufen, peitsche mich zur Eile an, wie einst der Opa Wolfgang seine Frau, und die Vorgabe lautet, die Geschwindigkeit vom Vortage zu knacken. Bloß daß es heut ja noch nichts zum Knacken gab, da's ja der erste Tag mit dieser Vorgabe war.

Etwas habe ich ja noch gar nicht in mein Tagebuch geschrieben:
Daß ich nämlich vor wenigen Tagen, für mich selber überraschend und einfach so aus dem Nichts heraus

damit anhub, Rehlein ein Loblied über die verstorbene Erdmute Jorberg vorzusingen.

Das kam so: Wie aus dem Nichts heraus sagte ich: „Die vier Kinder vom Jorberg sind nämlich ganz tolle Kinder!" Es folgte eine Pause und dann fuhr ich fort: „Das liegt allerdings weniger am Jorberg, als vielmehr an seiner Frau!"

Es sei, so ich, eine Frau wie Edith Stein gewesen – eine Dame, die später heilig gesprochen wurde, und nach diesen Erklärungen begoogelte ich die heilige Edith Stein, die heute nur noch in Form einer Büste und Erinnernugen existiert.

Beim Joggen wiederum dachte ich in der Nähe des goldenen Kuhfladens darüber nach, daß es zwischen dem Jorberg und seinem jüngsten Sohn Johannes zum Entsetzen der liebenden Mutter und Ehefrau so hergegangen sei wie zwischen der Bea und mir! Mehr als einmal lagen die Herren unabhängig von einander wach im Bett und grübelten herum, wie man das doch so wertvolle Vater/Sohn-Verhältnis wohl verbessern könne?

Ich z.B. könnte der Bea viele gute Ratschläge geben, doch mein Verstand saugt die alle wieder auf, bevor sie noch gegeben wurden. Kluge Ratschläge zwar, so jedoch für die Bea ungeeignet. Das Beste wäre wohl, den Kontakt ganz abzubrechen:

Wir tun einander nicht gut, und das Beste wäre wohl, wenn ich Dir alles Gute wünsche, und Du gehst Deinen Weg und ich den Meinen!

Doch dann würde sich das Leben auch unbefriedigend anfühlen.

Heut wär erst der erste Tag einer Kette an unendlichen, wo man nichts mehr miteinander zu tun hätt´.

Eine Antwort auf die brennende Frage „Wohin mit dieser belastenden Verwandtschaftsbeziehung?" fiel mir erst im Laufe des Tages ein: Die Wellenlänge zur Bea wird sich erst verbessern, wenn ich aufhöre, sie blöd zu finden, denn dies spüre sie doch wohl mit dem 6. Sinne?

Um die verärgert ausgefahrenen Feindschaftsstacheln wieder einfahren zu können, müßte man sein ganzes Beätchen-Bild mit Wasser aus dem Jordan, oder zumindest aus der Leitha übergießen, um alles Verärgernde hinwegwaschen.

Besonders sauer bin ich ja über jene Episode, wie die Bea mit ihren izzeligen Blicken wissen ließ, daß sie jetzt gefälligst lieber den Erwachsenen lauschen würde. Sie behandelt mich wie ein schwachsinniges Kleinkind, und macht mir zum Vorwurf, daß ich offenbar noch immer nicht erwachsen geworden bin! Trotzdem konnte ich mir auch heute nicht abgewöhnen über jene Schicksalsschläge nachzusinnieren, die die Bea seelisch gebeutelt und zu Der gemacht haben, die sie heute nunmal ist:

Ein nicht unerheblicher Schlag für das Beätchen dürfte es ja auch gewesen sein, daß der Jesse die 60 Millionen Dollar nur *fast* bekommen hat, zumal sie ja schon mehr als zweimal im Leben die Rede darauf geschwenkt hat, und ein aufmerksamer Mensch wie ich passt sehr auf, welche Themen wohl öfters zur Sprache kommen?

Buz stand wie ein kleines Kasperl an den Kachelofen gelehnt, und die Bea hatte mir schon wieder nicht geschrieben. Z.Zt. steckt sie wohl auf der B-Seite und will mich eine Pikierung spüren lassen, die ich überhaupt nicht verdient habe.

Stattdessen schrieb mir die Pfarrerin von Hamdorf. Eine Dame, die ihre Briefe immerhin gewissenhaft zu beantworten pflegt, m. E. jedoch nicht übermäßig sympathisch herüberkommt. Sie schreibt in humorfreiem Ernst, kadenziert die Briefe mit einem „mfG" ab, und weitaufgerissene, erschrockene Bällchenaugen scheinen einen aus ihren Zeilen anzublicken.

„Erwarten Sie einen Reisekostenzuschlag oder sonstige Kosten?"

Buz hatte eine Einladung bekommen, als Juror am internationalen Violinwettbewerb in Hong-Kong teilzunehmen: 1000 € Lohn, Übernachtung in einem 4-Sterne Hotel und einen Economy-Klassen-Flug. Vom 28.-31. Juli.

Ich versuchte Buz dazu zu überreden, *mich* einspringen zu lassen. Doch Buz wand sich und brachte allerlei fragwürdige Argumente wie beispielsweise, daß „die" sich mit dem Glanz eines Professors schmücken wollten. Dann wiederum meinte er, ich solle mich lieber gescheit auf den Musikalischen Sommer vorbereiten.

Rehlein in der Küche jedoch hat sich so gefreut, daß ich vielleicht nach Hongkong reise, und ich selber sah mich auch schon in der Economy-Klass über den Wolken schweben.

Jetzt hat man seit Jahrzehnten das Leben eines debilen Zaungasts an der blühenden Arena des Lebens geführt, und plötzlich sollte man in die sprudelnde Metropole Hongkong entsandt werden.

Später zeigte Buz sich allerdings oben im Ashram, und meinte, er habe den Pjotr (?) gefragt, und es ginge nicht.

Doch man glaubt´s kaum.

Die seien sehr bürokratisch, fabulierte Buz, und dabei hatte der Pjotr doch ausdrücklich geschrieben, seine Frau organisiere es!

Um zwei Uhr rief die TAZ-Dame Christina Ludwig an.

Doch nach diesem Telefonat, wirkte Rehlein äußerst unfroh, und auch Buz wirkte in-sich-gekehrt und autistisch absorbiert.

Es war so, daß sich die Journalistin in Buzens Ohren so darauf verbissen hatte, wie es bloß zu dem wüsten Zank mit Dirk & Wibke kommen konnte? Auf Buz und Rehlein wirkte es so, als sei sie zuvor in der Ostfriesischen Landschaft gewesen, und dort sei ihre Hirnmasse mit allerlei Unsinn besät worden.

Wir scännten den sauren Brief von unserem Personal ein, und Buz ließ darüber hinaus seinen Tee erkalten – so angespannt war er.

Und am Abend wollte er doch den Violinabend von der Midori besuchen.

Ich bat Buz, mit gespitzten Ohren genau zuzuhören wie die Midori interpretiert, auf daß er es uns am Abend ganz genau vorsingen könne, und aus Jux und Dollerei hätte ich beinah ein Bild für die Midori gemalt, und es Buzen mitgegeben.

Ich würde mich so gerne mit der Midori befreunden, wobei mir eine Freundschaft zwischen zwei späten Backfischen vorschwebt, die sich beispielsweise Geschichten über ihre sog. „Dreamboys" erzählen.

Und jetzt, wo ich mir das so schön ausdachte, fühlte ich mich bereits so gut wie befreundet, und bangte somit ein wenig drum, daß Buzen Midoris Schubert-Duo womöglich gar nicht gefällt, weil er es doch selber gespielt hat.

„Da kannst Du ja ein Wörtchen mitsprechen!" sagte ich etwas Gretchen-Vollbecks-haft.

„Ich kann bei *jedem* Werk ein Wörtchen mitreden!" sagte Buz.

Ich tippte fünf Karriere-Mails – je individuell und bemüht, so nett zu schreiben, daß man nach der Lektüre so gut wie befreundet ist.

Wieder hatte die Pfarrerin B. aus H. auf ihre ordentliche Art geschrieben, und war hinzu vorbildlich auf alle aufgewirbelten Fragen eingegangen. Zwischen den Zeilen spürte man jedoch die freudlose Art einer gewissenhaften, ernsten Frau.

Über das Kartenabrufgesuch, über das ich doch so humorig geschrieben hab *es sei (leider!) meist keine besonders schweißtreibende Arbeit* schriebse einfach: „Ich möchte es definitiv nicht tun. Ich hoffe, Sie verstehen es."

„Ich *versuche,* es zu verstehen!" könnte ich zurück schreiben, "doch es fällt mir offen gesprochen schwer. Sollte man sich nicht ein Beispiel an Papst Franziskus nehmen, der sich für keine Arbeit zu schade ist? Sie könnten als Pfarrerin mit dieser Einstellung für frischen Glanz in der Gemeinde sorgen, und am Ende stünde womöglich die Seligsprechung! – Doch daß man die Leute immer mit einem Wurstzipfel ködern muß, damit sie Gutes tun?"

Ständig dachte ich darüber nach, was man der Pfarrerin B. wohl Wachrüttelndes schreiben könne:

„Punkt 4 nehme ich zurück. Ich möchte gar keine Kosten erstattet haben. Andere haben das Geld nötiger als ich."

Meinem lieber Freund, Herr Schäfer, hatte ich sehr nett geschrieben:

Ich hoffte, daß er eine schöne Silberhochzeit gefeiert habe – und nun bewege man sich auf die Goldene zu, (ließ ich wissen) wie bei meinen geliebten Eltern

(schrieb ich warm), *und vor den Augen von Herrn Schäfer in meinem Inneren, leuchtete ein uraltes Ehepaar auf.*
Die Zeit jedoch verharrt auch nicht lange bei der Goldenen, eilt im Sauseschritt weiter, und bald schon muß die Kronjuwelene bedacht werden. Ein Fest das nur noch wenigen Ehepaaren vergönnt ist.

Abends aßen Rehlein und ich etwas früher zu Abend als sonst: Um 19 Uhr 15, als es bereits stockdunkel war. Schmerzlich fühlte man die Lücke, die das Familienoberhaupt auf der Eckbank hinterlassen hat, und Rehlein hatte doch so köstlich gekocht! Sauerkraut und feinsten Gulasch.
Buz hatte dummerweise sein Händi, sowie den Plan für die Eisenbahn liegen lassen.
Da lag beides, seinem Besitzer fern, auf dem Tisch.

Rehlein saß im Sorgenstuhl, und schien irgendwie nichts mit ihrer Zeit anfangen zu können. Man möchte sich vielleicht ganz seiner Müdigkeit hingeben, rumgähnen und vielleicht die Leidende hervorkehren – doch wenn man nicht dabei gesehen wird? Stellvertretend für Rehlein fühlte ich mich selber plötzlich *zu* arbeitsam und sekretärinnenhaft an.
Hat das Kikelchen nicht endlich mal wieder Zeit für mich? (dachte Rehlein in mir).
Doch ich hatte meinen Feierabend auf 21:30 verlegt.

Nach Feierabend:

Wir schauten eine 37 C°-Reportage mit dem Titel: „Gefangen in der Leistungsfalle".

Es ging um Schüler, die im Streß stecken:

Die 15-jährige Ilka saß wegen des Burn-Out-Syndroms im Narrenhaus, und ihre nonnenhaft ausschauende Mutti war sehr besorgt. Eine andere, etwas ältlich-ballerinenartige Mutter, die mich an die Trossinger Rektorin Frau Gutjahr erinnerte, und die man vielleicht nicht soo gern als Mutter hätte, auch wenn sie einmal „mein Schatz" sagte, wollte ihrem Kinde eine Chance auf eine gute Ausgangsbasis bieten, und schickte es auf die zweisprachige Schule nach Frankfurt.

Vom vielen Büffeln war die kleine Mia immer ganz müd, und schlief in der Nacht wie ein Stein. Dann klagte sie über Bauchschmerzen, weil ihr das alles zu viel wurde.

Stellvertretend für Rehlein im Schaukelstuhl fand ich die alle so beknackt! Die Muttis, die Namen, den Leistungsdruck – einfach alles!

Eigentlich wollte Rehlein ja auf die Heimkunft unseres Familienoberhaupts warten, doch man rechnete sich aus, daß der wohl kaum vor Mitternacht heimkehre, und so stieg Rehlein ja doch in die Bettfluten in Opas gemütlichem kleinen Zimmer, während ich mich ratlos und einsam fühlte.

Ganz dröge befüllte ich Buzens Wärmflasche.

„Womöglich habe ich jemandem die Wärmflasche gefüllt, den es gar nicht mehr gibt?" dachte ich niedergeschlagen, als ich die Bettflasche ins Bett bettete, weil ich immer damit rechne, Buz käme auf seinen Reisen ums Leben, und mich somit oftmals starr und wie gelähmt, einem unbarmherzigen Schicksal hilflos ausgeliefert fühle. Doch dann kam er ja doch.

Ich beschmierte meinem geliebten Papa einen tagesbeschließenden Erdnußtaler, und befrug ihn im Flüsterton nach dem Midori-Konzert, das Buzen ausgezeichnet gefallen hatte: So redlich und ehrlich hatte jemand, der einem angenehm ist, die Werke zu Gehör gebracht.

„Und alle Werke kann man noch schöner spielen!" sagte Buz mit einem wissenden Lächeln, das an Johannes den Täufer erinnerte. Doch Buz sagte es wohlwollend und liebevoll, denn das Konzert habe ihm Freude bereitet.

Lobende, enthusiastische Worte fand Buz auch für das Werk von Lutoslawski.

Doch die Midori sähe ja *alt* aus! Alt und angestrengt, und offenbar sei es doch ein sehr anstrengender Beruf eine reisende Violinistin zu sein?

Mittwoch, 15. Januar

Gradezu frühlingshaft.
Der Sonnenschein war jedoch ein wenig abgemattet

Heut überbot – aber eigentlich müsste es ja heißen „unterbot" ich meinen Geschwindigkeitsrekord, vom Aufstieg bis zum Rasbeginn ja doch ziemlich. Der Opa Wolfgang in mir trieb zur Eile, und dann rannte ich rund, - leider ohne auf einen gescheiten Gedankenpfad zu gelangen.

Man fühlt sich an, als sei man aufgezogen worden, und rennt da rum.

Na wenigstens gelang's mir heut, eine große Übanzahlung zu leisten: 41 Minuten.

„Ich stell meinen Wecker auf 9 Uhr 14!" versprach ich Rehlein mit einem an Frau Lüders erinnernden Eifer, der die Vorfreude auf ein gemütliches Frühstück barg, zumal Buz ja heut über den Wolken in den hohen Norden aufbrechen wollte.

Beim Frühstück waren die Erwachsenen somit angespannt und reisefiebrig gestimmt.

Ich wies wiederholt darauf hin, daß Buz beim Ausstieg aus der Eisenbahn nicht nach dem falschen Koffer langen dürfe, und auch Rehlein schien's so, als könne man die Wichtigkeit dieser Thematik nicht scharf genug hervorheben.

„Du hast grad ausgesehen wie das Pröppilein!" rief ich Rehlein begeistert zu, und meinte jenes Bild, wo das Pröppilein in einem Sträflingswams so verführerisch nach oben blickt.

„Jetzt schon wieder!" rief ich erneut.

„Wenn ich das nächste mal „Halt" rufe, dann darfst du dich nicht mehr bewegen!" ließ ich die Esslinger

Oma in mir zu Wort kommen, die einst zum jungen Rehlein gesagt habe: „HALT! Beweg di net!!" Ganz starr bangte Rehlein drum, vielleicht gleich von einem giftigen Skorpion gebissen zu werden. Doch die Eßlinger-Oma sagte: „Kannsch di wieder bewegö!"

„?"

„Hasch grad ausg´schaut wie dei Muddr!"

Rehlein, zwar nicht wirklich auf der B-Seite steckend, befand sich, wenn auch angenehm griffig-temperamentvoll, doch allzusehr auf der aufgebracht, lamentierenden Schiene. Gleichzeitig rührend und auf nervende Weise die Vergangenheit aufwirbelnd, dachte Rehlein aktiv für den Hinwegstrebenden mit – indem sie eine Weile im Keller entschwand, um alsbald mit einem Koffer voller Jeremiaden darüber, daß *alle* Köffer kaputt seien, wieder aufzutauchen.

Rehlein bastelte liebevollst an einem Vesper für Buzen, und ich stellte mir vor, wie Buz es einfach achtlos im Zug liegen lässt.

Kurzgeschichte: „Das Vesper".

Dann mußte Rehlein auch noch zwei Manteltaschen zunähen, und tat´s mit Ingrimm und bitteren Gedanken, so jedoch auch großem Knoffhoff, zumal ein großes Loch in einer Innentasche zu beklagen war.

Ich retirierte mich ins Aschram hinauf um - beginnend mit Ysayes Ballade - mit meiner geigerischen Scheologie loszulegen.

Rehlein hatte eine Parte aus dem Postkasten gefischt, so daß man bereits von einem Schrecken beweht wurde. Doch es handelte sich bloß um jene vom alten Herrn zu Knyphausen, und staunend las man seinen vornehmen vierfach Namen, der mit einem „Curd" endet, der hinzu vornehm mit C geschrieben wird, wie auch hier zu lesen ist.

Tones Schwester Anna scheint wieder Solo und ihr Verflossener, ein Mann den sie einfach nicht mehr ertragen konnte, war einfach aus der Liste der Trauernden getilgt worden.

(Falls man von der letzten Beerdigung eine Liste an Trauernden im PC gespeichert hatte, denn diese Liste war so lang, daß man sich nicht vorstellen könnte, wer wohl diese Fleißarbeit auf sich nehmen solle, all diese Namen erneut niederzutippen?)

Streng hierarchisch angeordnet, wurde die brave Zugehfrau Helga, die vielleicht am lautesten weint, erst als Letzte genannt.

Ein Turm an Trauernden mit komplizierten Namen.

Ich mußte an die böse Farideh denken, die man auf der Parte für Herrn van Lessen aus übergroßer Pietät heraus als Erste genannt hat, obwohl sich genau diese Dame in Luft aufgelöst hatte, und nie wieder gesehen wurde – wenn's nicht überhaupt ein Hirngespinst war, von dem der Verstorbene hi und da erzählt hat?

Plastisch berichtete ich, daß Frau van Lessen, die sich an der Schwelle dessen wähnte, sich mit ihrem geliebten Exmann wieder zusammenzuraufen, auf die Trauerbinde an dem schönen Kranz, nicht wie erwartet „in Eile, Ursula" sondern mit flammendem Herzen „In Liebe Deine Ursula" draufnähen hat lassen.

Rehlein hatte eine lustige Kolumne in der „ganzen Woche" gefunden, die ich nun vorlesen durfte: Ein Schmachgesang auf „den Keks"
(So viele Kalorien wie irgend möglich auf engstem Raum.)
Wir lachten.

Ein bißchen Resonanz auf meine gestrigen Briefe bekam ich denn doch: Von Kantor Kuschnereit aus Geesthacht. Ich hatte direkt ein bißchen Bammel, die Mail anzuklicken:
Bitte löschen Sie mich aus Ihrem Verteiler. Bei uns spielen nur hochkarätige Musiker!
Doch der Kantor schrieb sehr warm und freundlich und hofft, daß mal etwas zustande kommt.
Der Kantorin aus Bad Wildbad antwortete ich auf ihre Frage „Zu welchen Konditionen spielen Sie?" – eine Frage, die im Grunde wenig Sinn macht, da die Kirche ihr Geld sehr gerne gescheit zusammenhält:
„Das letzte Mal spielte ich unter der Schirmherrschaft eines gewissen Martin Fries, einem Herrn der finanziell „nicht auf Rosen gebettet war", wie er mich am Telefon wissen ließ!" (schrieb ich)

Schüchtern ließ Buz immer wieder anklingen, daß ich ihn auch nach Schwechat fahren könne: „Wenn du willst..."

„Ich will nicht, aber ich wäre herzlich gerne dazu bereit, meine Bequemlichkeit für Dich zu opfern!" sagte ich nach Art von Bertas Mutter in der „Lindenstraße".

Hatte ich Rehlein gestern beim Bettgang nicht den schönen Vorschlag unterbreitet, jede Woche entweder eine neue gute Gewohnheit anzunehmen, oder aber eine schlechte abzulegen?

Doch nun dünnte ich diesen schönen Vorschlag für die Ü70er etwas aus, um ihn in ein etwas realistischeres Gewand zu kleiden: Sie solle nur eine Kleinigkeit in ihrem Lebenswandel oder an ihrer Persönlichkeit ändern, und die müsse sie auch gar nicht verraten.

Nur als kleines Geheimnis für sich selber, und wenn die kleine Veränderung nichts tauge, so könne man sie nach einer Woche auch getrost wieder einstellen.

Eine erste Idee für Rehlein hätte ich ja schon ausgebrütet, doch die sprach ich nicht laut aus: Nicht ständig alles mit aufgebrachter, klagender Stimme vortragen.

Dann erzählte ich Rehlein plastisch von Udo Jürgens und dem ungeahnten Ärger, der sich aus seiner Ehe erwuchs. Er versuchte die Ehe mit einer schlanken Blondine an der Öffentlichkeit vorbeizuschmuggeln, wiewohl es wahrscheinlich mit seinem Manager so abgesprochen war, wie wichtig es sei, daß sich alle Damen einen Platz an seiner Seite erträumen dürfen.

Und dann verliebte sich seine Frau in den ekelhaften Skandalpolitiker „Schill" – grad so, als wolle Rehlein sich in den Häuptling Bärenfänger verlieben!

Der Udo sei gewiss nicht intolerant, doch diese Geschmacksverirrung seiner Angetrauten schnitt ihm nun doch tief in die Seele.

„Den Fleißigen gehört die Welt!" sagte ich naseweiß, und hatte sogar einen kleinen Plan für Rehlein ausgearbeitet. Zuerst sollte Rehlein 45 Minuten lang Klavier spielen, dann müsste sie ebenfalls eine ganze Schulstunde lang ihre Memorien niedertippen. Für einen kurzen Moment wehte es Rehlein in mir an, wie schön und erfüllend das Leben sein könnte, wenn man seine Zeit sinnvoll nutzt, eine Aussaat tätigt, und eines Tages ernten könnte.

Im ZDF wurde eine Reportage über die „Romanzen der Geschichte" gesendet.

„...nicht, daß man dann Dieter Bohlen mit seinen Verflossenen sehen muß!" bruddelte Rehlein, doch anders, als man´s vom Beätchen her gewöhnt ist, das ja am liebsten das ganze Drumherum im Leben zusammenkehren und ins Klosett hinabspülen würde, machte ich jetzt einen frischen Wortwirbel drum, wie interessant diese Geschichten im Grunde alle sind. Und man mußte mir recht geben!

Man sah z.B. Liz Taylor und Richard Burton, oder
Marylin Monroe, die zweimal einen ziemlich
häßlichen und sogar undurschaubaren und grusigen
Typen heiratete, der mich leicht an unseren
Nachbarn Antonin Kühnel in Tokyo erinnerte, einen
groben, von Ehrgeiz zerfressenen, leicht sadistisch
veranlagten Herrn, der Frau und Kind verdrosch,
und sich nach außen hin im Gewande des biederen
staatsgetreuen kleinen Beamten präsentierte.

Den ganzen Abend lang liefen die fesselnden
Historien-Fälle, die selten länger als 5 Minuten
dauerten, so daß man dabei an „den Keks" erinnert
wurde: so viel Bannendes wie möglich auf engstem
Raum.

Donnerstag 16. Januar

Morgens rosa getönte Farbschattierungen
am bewölkten Himmel
Dann matter Sonnenschein inmitten zerrupfter
Wolkenteilen, leicht neblig bis klar

Rehlein schien ihre Gymnastik verschlafen zu haben,
doch mir nistete sich gleich schweres Gedankengut
im Kopf ein: Daß Rehlein nämlich gestorben sei!
Beim Rennen malte ich mir bedrückt aus, wie's nun
bloß weitergehen solle? Wen müsse man da anrufen?

(„Meine Mutter hat sich nicht zu ihrer allmorgendlichen Gymnastik erhoben, was ganz und gar untypisch ist!" (So dachten „die Brünnerts" in mir, die dererlei über Onkel Dölein zu denken pflegen, wenn man länger nichts von ihm gehört hat.))

Rehlein hat zwar eine Beerdigungsversicherung abgeschlossen, doch ich wüsste gar nicht, wo, in Rehleins so früchtebröternen Ordnung man danach suchen sollte?

Dann war ich wieder daheim, und schaute mit klammen Gefühlen, furchtesgelähmt von der Terrasse aus ins Wohnzimmer.

Da stand Rehlein. Ein Bein angewinkelt zum Einstieg in ihre Hos´, und beim Einstürmen ins Haus bündelte ich ganz viele liebe Gedanken für das süßeste Rehlein, um meiner Mama mit ganz viel Frische und Herzenswärme zu begegnen, und den größten Genuß aus ihrer Aura zu ziehen.

Gerührt dachte ich daran, wie Rehlein mich vor der Bea wie eine Löwin verteidigt hat.

Dann sprach ich Rehlein darauf an, daß sie mir ihr Dalton-Syndrom* vererbt habe:

„Es ist fast genau so schlimm wie bei Dir!"

Doch ich korrigierte mich. „Was heißt hier „fast"? Es ist *viel* schlimmer!" sagte ich lachend, und wärmte jene Episode in meinem Leben auf, als ich mal die Köffer packen mußte, und dabei nicht vom Fleck kam, weil mir immer noch etwas anderes, viel wichtigeres einfiel.

„Dann hättest du nie eine Familie haben können!"
sagte Rehlein, und dieser Satz gefiel mir, weil er ja
stimmt.

„Ein Glück, daß ich das Dalton-Syndrom auch hab!"
rief ich aus, denn eine normale Tochter wäre über
Rehlein womöglich von früh bis spät hoch
konsterniert.

*Der Dalton-Syndrom-Benagte schafft es kaum, in der
Spur zu bleiben, da sich vor jede Tätigkeit ein bis zwei
andere zu schieben pflegen. Das bedeutet, daß der
Betreffende allenfalls strebig, selten aber zielstrebig
agieren kann.

Da hat Rehlein wirklich Glück gehabt, denn man
stelle sich nur vor, sie hätte eine Tochter bekommen,
die so wäre wie die Bea?
Stattdessen aber hat Rehlein eine Tochter, die sie
versteht!
Rehlein fand heut nämlich überhaupt keinen Halt im
Leben, und in der Nacht hatte Rehlein so drückend
von einem riesigen Hasen in ihren Armen geträumt,
den sie so gern wieder losgeworden wäre, und ihn
somit am liebsten über den Zaun zum Nachbar hätte
hinweggleiten lassen, wenn sich dort nicht bloß
immer jemand über den Salat gekrümmt hielte!
Ideen, was wohl zu tun sei, beschwirrten Rehlein
nach Art von Schmeißfliegen, die kurz Kurs auf
einen nehmen, um sodann rasch weiterzufliegen.
Eine agitierte Depression – so könnte man meinen.

„Könnte sein, daß mir das Wölflein fehlt!" meinte Rehlein unfroh, denn wer soll da noch eine Logik hineinbringen? Sollte Rehlein ihr Witwendasein auf Probe nicht lieber als Kostbarkeit ansehen und genießen? Nun hatte ich ein Fädchen zu einer Erzählung am Wickel, so daß ich mich solcherart „in meinem Element" fühlte, wie vielleicht ein leidenschaftlicher Pädagoge, wenn ein pädagogisches Problem am Wickel hängt? Ich erzählte von Frau van Lessen, die nach ihrer Witwenschaft in tiefste Depression versank.

Rehlein wollte eigentlich Staub wischen, nun aber glaubte sie zu wissen, daß das Beste, was man in solch einem zwickenden Nervositätskorsett tun könne „einen Familienbrief zu tippen" wäre. Rehlein juckte es so quasi in allen 10 Fingern, all die Köstlichkeiten niederzutippen, die ich immer so von mir gebe – bloß daß *ich* jetzt schon, bevor die erste Köstlichkeit niedergetippt war, das völlige Unverständnis von der Bea in Petaluma spürte.
(„...nach mehr als 50 Jahren schreibt sie *immer noch* Kinderberichte?")

Man sah die Elefanten von Stuttgart mit ihren so menschlichen Zügen – Menschen, denen böse Hexen einen langen Rüssel ins Gesicht gezaubert hatten. Die schwäbischen Pfleger schwätzten hinzu immer so trocken, so daß ich es stellvertretend für die Elefanten nicht so gerne gehört habe, was die da sagten.

„Die Pama isch sehr verfressö!" hörte man beispielsweise unschön klingende Worte über die humorvolle alte Elefantendame.

Rehlein las einen kleinen Aufsatz aus dem „Standard" vor:

Ein Therapeut wollte sein kleines Söhnchen dazu animieren, sich die Zähne zu putzen.

Doch das Söhnchen hatte keine Lust dazu.

In einer jäh aufwallenden Verzweiflung lief der Vater hinfort und begann zu weinen, doch währenddessen meldete sich der Psychiater in ihm zu Wort: Hatte er sich nicht vorgenommen, seine wahren Gefühle niemals zu verbergen? Und warum verließ er dann das Bad? Also lief er ins Bad zurück, ohne sich die Tränen abzuwischen.

„Papa, warum weinst Du denn?" frug ihn der Knirps bestürzt.

„Weil ich nicht weiß, warum ich mich mit Dir streite!"

„Das weiß ich auch nicht."

Wieder sah man an einem kleinen Fall, daß es immer am besten ist, die Wahrheit zu sagen.

Rehlein hatte sich ausgedacht, daß wir spazieren gehen könnten, und unter ihrer pilzförmigen violetten Haube schaute Rehlein allerliebst aus.

„Ich habe aus jenem Grunde alle Zeit der Welt, weil ich mich als Fehlbesetzung fühle!" sagte ich, und das süßeste Rehlein fand diesen Ausspruch so überaus köstlich.

11 Jahre nach ihrem Tod sprachen wir nun über die Berta aus der „Lindenstraße", die im Flugzeug einst neben Buzen zu sitzen kam, nun aber das irdische Leben mit all seinen Mühen lang hinter sich gelassen hat. Sie ließ es hinter sich, und hat dennoch Spuren hinterlassen: Als „Berta" in der Lindenstraße.

Im Walde zeigte ich Rehlein meine Lieblingsfarben in den verschiedenen Goldtönen: Beispielsweise die Maulwurfshügel aus purem Gold, ferner kurz vor der 1000-jährigen Eiche einen goldenen Kuhfladen (dunkelgold), weiß, oder chamoisfarbene hellgüldene Holzstückchen auf dem Weg... solcherart, wie andere ihre Mutter vielleicht durch ihre Arbeitsstätte führen, um stolz auf ein paar Kollegen zu zeigen, die der Mutter bis dahin nur vom Hörensagen vertraut waren, und die man durch ihre Sinne nun völlig neu kennenlernen darf?

Rehlein wärmte mit einigem Schauder eine Geschichte aus den Nachrichten auf:

Ein altes Ehepaar war in seinem Auto auf den Bahngleisen zu stehen gekommen, während die Schranken hinten und vorne bereits hinabsanken. Paralysiert blieben die beiden einfach sitzen. Einige beherzte Autofahrer entstürmten ihren Gefährten, zerrten die alten Leute unter Lebensgefahr aus dem

Auto heraus, und das Auto war hernach von der Eisenbahn gänzlich plattgefahren.

Die Rentner aber seien mit dem Schrecken davon gekommen.

Dort, wo es in den dunklen Wald hineingeht, dachte ich darüber nach, daß ich ja auch eine Geschäftsfrau aus Hongkong hätte werden können. Doch ob eine Geschäftsfrau Zeit dafür hätte, sich am Gold im Walde zu ergötzen?

Nach einer Weile wiederum, dachte ich über etwas anderes nach: Ich dachte, daß wir doch alle im Grunde Gänse sind, die goldene Eier legen?

Wenn die Bea vielleicht auch sonst nicht viel von ihrer Schwester hält, die mit der Heirat eines armen Spielmanns einen Griff ins Klo getätigt zu haben scheint, so kann sie Rehleins kunstvolle Gemälde doch sehr gut gebrauchen. Bilder, von fast überirdischer Schönheit, die auf der ganzen Welt nur Rehlein pinseln kann, und die Beätchens Heim so unerhört verschönern, daß davon gesprochen werden darf, daß es die Bilder sind, die dem Haus Seele und Leben einhauchen.

Zu Mittag sprachen wir über Fritz Haarmann, den bösen Mann aus Hannover. Rehlein erzählte, daß sie bei den Opfern immer an junge Männer, wie z.B. das junge Dölein denken mußte: Sie reisten mit dem Zug in eine fremde Stadt, um sich Arbeit zu suchen.

„Sie sehen müde aus. Suchen Sie noch eine Unterkunft für die Nacht?"

… und der junge Mann schreibt im Geiste schon einen Brief an seine Lieben daheim: „Am Bahnhof wurde mir gleich sehr freundlich ein Nachtquartier angeboten!" Doch bevor dieser frische Brief noch verfasst wird, verliert sich die Spur des jungen Mannes – für immer. Er wird zu Wurst verarbeitet und verkauft!

Ich begoogelte den Haarmann, und einmal ins Googeln geraten, begoogelte ich auch noch den verstorbenen Prof. Hamann, dem man, leider eher lieblos, einen dürren kleinen Artikel bei Wikipedia eingerichtet hat.

„Müßte dieser Name ein Begriff sein?"

„Nein, eigentlich nicht."

Und so wird der Verblichene lediglich als Stütze für andere, von Vergessenheit und Überwucherung Bedrohte, genutzt!

Sohn des..

Bruder des…

Vater des bekannten Geigers Sebastian Hamann.

„Meinten die vielleicht „pikanten" Geiger?" mit dererlei bebabbelte ich Rehlein, denn da möchte man doch wirklich mal eine Umfrage am Portal eines Kaufhauses starten: „Ist Ihnen der bekannte Geiger Sebastian Hamann ein Begriff?"

„blubb"

„Na, Sie scheinen ja hinter dem Mond zu leben??"

Einem Gaisier gleich entsprudelten Rehlein die empörendsten Buz-Geschichten, die ja z.T. wirklich empörend sind, z.B. daß Buz seine bezaubernde Ehefrau den „wichtigen" Hochschulärschen einfach nicht vorgestellt habe. Er plauderte mit denen, und schien Rehlein neben sich vergessen zu haben!

Zu Mittag gab es eine Reisspeise, und im Ofen schmurgelten die Zwergwindbeutel die Rehlein zubereitet hat, um der Irene, die bei uns als Gast erwartet wurde, eine kleine Freude zu bereiten.

Und tatsächlich: Am Nachmittag war dann die Irene bei uns zu Gast, und hatte gar zwei Zwergtafeln Ingwer-Chokolade als Gastgeschenk dabei.

Die Irene hatte in der milden Nachmittagsblässe auf Buzens Platz Platz genommen, und das Pröppi-Album zur Hand genommen.

Als sei's der Fotos nicht genug, ließ ich auch noch das süße Foto „Pröppilein beim Jubilieren!" am PC aufleuchten, da mich der erheiterte Ausdruck auf dem süßen Kindergesicht zuweilen an die Irene erinnert.

Auch wenn die Irene lachte, und das Pröppilein „liab" fand, so kam mir der Besuch heut trotzdem ein bißchen so vor, als sei's von beiden Seiten her ein eher lästiger Pflichtbesuch, der von der Sprach-barriere zwischen dem groben niederösterreichisch, und Rehleins feinem, wenn auch vielleicht leicht volkstümlich eingefärbten Schriftdeutsch, verlegen stimmend an der Aromaentfaltung behindert wurde.

Ich „sähe zwar aus wie das blühende Leben", aber mir fiel gar nichts Gescheites zu erzählen ein.

„Hat mir die Bea auch hier mein Selbstvertrauen eingetrübt!" dachte ich, und richtete meinen Groll schon wieder gen Petaluma. Ein Groll, der wie einst in Mobbln gegen die Dame Gerswind, in mir rumzüngelt, und keine Ruhe gibt.

Rehlein erzählte, wie ihre Schwester leider Gottes so amerikanisch geworden sei und immer so tut, als seien *wir* hier ganz hinterwäldlerisch! Eine Äußerung, von der Rehlein vielleicht unbewusst gehofft hatte, sie könne die Irene empören, so daß man für einen kurzen so jedoch kostbaren Moment gemeinsam auf einer Woge des Grolls gegen die Bea vor sich hinschäumen könne. Doch die Irene hält sich bei dererlei neutral, oder aber ergreift Partei für den Dritten: „Das ist ja schön, daß sie sich dort so wohlfühlt!" (sagte sie)

Aber die Bea kommt in die Jahre, und eines Tages beginnt sie sich in Amerika ganz fremd und unwohl zu fühlen — Gefühle die ihr vor einem halben Jahr noch undenkbar gewesen wären.

Und einige Jahre später hat sie nur noch einen finalen Wunsch, den sie in jungen Jahren belächelt hätte: In Heimaterde bestattet zu werden.

Pastor Feldmann hatte ganz lieb geschrieben, daß unlängst ein Gitarrist aus Köln angereist sei — doch zu dem geplanten Konzert sei gar niemand gekommen, so daß er die Gitarre wieder einpacken und unverrichteter Dinge nach Hause fahren mußte.

Ansonsten war nur wieder ein tranig-freudloser Brief von Pastorin B. aus H. gekommen. Fahrgeld gäbe es keins, berichtete sie knapp, und das hätte man doch wirklich ein bißchen netter formulieren können. Daß sie allerdings „Ihre Frauke Bregas" schreibt, verwundert in diesem Zusammenhang nun doch.

Endlich Feierabend.
In 3 Sat lief „Ansichten eines Amokläufers".
Ein Film, der nicht unbannend begann. Auf Privatvideos sah man ein drolliges Kleinkind, das später zum Amokläufer werden sollte.
Filmausschnitte zeigten sodann einen Jugendlichen, der mit gesenktem Haupt vor Gericht stand, und nur eineinhalb Jahre später pubertätsbedingt so unerhört häßlich geworden war.
Dann wurden Hirngraphiken gezeigt, und hochgeistige Erklärungen von berufener Zunge geboten.
Doch mitten in diese Erklärungen hinein klingelte das Telefon: Buz aus Aurich.
Rehlein schaltete den Televisor leis.
Mein Ohr folgte Rehlein ins Nebenzimmer, so daß ich dem Geschehen auf dem Bildschirm bloß mehr ganz matt folgte, und das negativ getönte Telefongespräch stimmte mich ganz nervös. Überall stößt man mit seinen Bittstellungsgesuchen auf Vorsicht und Zurückhaltung, und der Bürgermeister will uns ja auch nur unterstützen, wenn wir uns mit den Teufeln aus der „Ostfriesischen Landschaft" einigen.

Später sah man auf dem Bildschirm eine füllige, leicht an Miss-Piggy erinnernde blonde amerikanische Mutti beim Klavierspiel.

Eine Mutter, deren Sohn mit dem Messer auf sie losgegangen sei. Diese Mutti eröffnete einen Blog im Internet, weil sie fand, daß man „darüber reden müsse".

„Und ich liebe dieses Kind!" sagte sie, und kämpfte mit den Tränen.

Da tat mir die arme Frau so leid!

Hi und da wird leider ein mißratenes Kind geboren, und keiner weiß Rat.

Und so sieht man´s gottergeben als „Strafe Gottes" an.

Ich brachte Rehlein ins Bett, und die plötzliche Stille und der leere Abspann des Tages machte mir wie immer ein wenig Angst.

Er fühlte sich an wie ein kleines matterleuchtetes Warndreieck.

Freitag 17. Januar

Eher etwas verhangen. Grau, bräunlich, bleich

Im Morgengrauen lag ich da, fühlte mich zwar unendlich wohl in Schlafbehagen eingebettet, doch das Behagen war am Rieseln, und machte mir somit Angst. Na, dann wuppte ich das Früherhöbnis ja doch, und beeilte mich, auf Art eines kleinen Teufelchens, in den Tag zu steigen.

Als ich vom Joggen heimgekehrt auf der Terrasse eintraf, trat Rehlein aus der Türe und war so süß und A-seitelig gestimmt.

Ob ich nicht vielleicht etwas Warmes trinken wolle? regte Rehlein an, so daß mein Schwung, gleich eine Übanzahlung zu leisten, augenblicklich verpuffte.

Ich erzählte Rehlein vom gestrigen Telefonat mit dem Onkel Hambum, und was sich für Erzähläste daraus erwuchsen!

Es fühlte sich direkt an wie der Stengel einer Rose mit Dornen.

Der Hambum habe ausgerufen, daß er Rehlein schon mehr als 10 Jahre lang nicht mehr gesehen habe.

„Halllloh?!? War denn das Mädchen nicht vor 1 ½ Jahren auf Eberhards Hochzeit?"

Dann habe der Onkel uns eingeladen, ihn in Münster zu besuchen, und freudig erörterte ich mit Rehlein die Möglichkeit, 23 Tage lang beim Hartmut in Münster zu bleiben, um einen direkten Vergleich mit dem Besuch bei der Tante Bea zu ziehen.

Rehlein hat immer Angst vor dem Gefühl, daß man irgendwann irgendwie spürt, daß es nun genug sei.

„Dann bleiben wir eben nur 22 Tage!" sagte ich schelmisch.

Ich breitete noch viele andere Besuchsvorschläge vor
Rehlein aus: z.b., die Hannelore zu besuchen.

Die Hannelore mit ihren beinahe 80 Jahren sei fitter
als Rehlein, machte ich einen kleinen Wortwirbel, der
Rehlein vor der Gefahr warnen sollte, sich vorzeitig
dem Alter hinzugeben.

Doch Rehlein möchte eigentlich gar keine Besuche
machen, und zählte mir all die mit einem Besuch
verbundenen Ärgerlichkeiten auf.

Besonderen Kummer bereitet mir immer der
Einwurf, man sei nicht an einem fremden Schicksal
interessiert.

Dann erzählte ich Rehlein noch, wie ich durch den
Zoo von Münster lief. Doch dort war man nur am
Arbeiten, Sägen heulten, emsige Mitarbeiter karrten
Schubkarren herum und misteten die Ställe aus, so
daß ich mich in meinem Müßiggang beschämt und
schäbig fühlte.

Ein Punkt auf meiner Ausloseliste lautete: „Termin
beim Frisör abmachen", doch vor diesem
Auslosepunkt verspürte ich eine Scheu, weil er mich
so aus meinem Alltag herausrupft.

Da aber besann ich mich auf meine eigenen Worte,
die ich mal gemacht habe: Nach Art vom Pröppilein
sollte man alles mit Begeisterung machen.

Früher schob Rehlein ihren Einkaufswagen immer
streßgepeinigt, und so eilig wie irgend möglich,
durch die Supermarktsgänge, doch nun hat sie sich
ein Beispiel am Pröppilein genommen.

Man könnte ein Foto schießen und darunter schreiben: „Rehlein kauft begeistert für's Wochenende ein."

Und so machte ich begeistert einen Frisörtermin ab.

Draussen war es beißend kalt. Die Kälte fraß sich durch meine dünne schwarze Sultanshos, so daß ich sehr froh war, erstmal Zuflucht in einem warmen Mittagsessen zu finden. Rehlein hatte köstliche Nudeln mit einer reichhaltigen Gemüsehaube zubereitet. Hm, dies schmeckte!

Hernach gab's noch einen Tee, und um viertel nach drei schickte ich mich an, im Keller in eine graue lange Strumpfhose zu steigen.

Mit einem 100€ Schein und Rehleins mütterlichen Ratschlägen eingedeckt, marschierte ich los.

Der Weg zum „Salon Erni" an der gebogenen Hauptstraße entlang, war jedoch weiter als gedacht, so daß ich loshoppeln mußte, denn der Gedanke unpünktlich zu sein, war mir arg.

In diesen grauen und leblosen Vororten von Lanzenkirchen fühlte ich mich so fremd, als besuche ich eine staubige, menschenleere Kleinstadt in Mecklen-burg-Vorpommern. Man läuft vorbei an Firmen, von denen man schon mal über's Ohr balbiert wurde, und der „Salon Ernie" heißt gar nicht mehr „Salon Ernie" sondern „happy hair".

Eine höfliche junge Dame nahm mir sogleich die grüne Joppe ab (eine warme Jägerjoppe aus Rehleins Schatzkammer mit all den Kleidungsstücken unserer

Vorfahren). Ich wurde höflich gefragt, ob ich einen Kaffee wünsche, („Oh Ja! Immer doch!") und dieser mundete mir exzellent.

Würstlgleich reihte die „Krone", die ich zum Kaffeegenuß zur Hand genommen hatte, lauter Mordgeschichten aneinander, um die Leser bei Laune zu halten.

Ein Vatermord in Österreich wurde zu einem Pseudovatermord, da ein DNA-Abgleich ergeben hat, daß der Mörder gar nicht der Sohn des Getöteten ist, wie er geglaubt hatte.

Mitten aus dieser ungewöhnlichen Lektüre heraus, wurde ich zum einleitenden Haarwusch gebeten, und nur jene Stelle, wo der abgeknickte Hals in der Keramik liegt, bereitete mir eine unschöne Druckpein, während der Rest wunderbar war. Mehr noch: Für die Kopfmassage nahm sich die Frisöse so viel Zeit, daß die Zeit stillzustehen schien, und ich so wohlig müd dabei wurde.

Beim Haareschneiden hernach beschmökerte ich die BUNTE und die GALA, und in Letzterer las ich ein Interview mit Liliana Matthäus, die mittlerweile nach New York gezogen ist, und sagenhafte „Konnekschns" geknüpft habe.

Sie gab ein reifes Interview, in welchem gar der beifällige Satz fiel, daß sie niemals das Bett mit einem Mann teilen könne, den sie nicht von ganzem Herzen liebe.

42€ kostete mich der Spaß im Frisiersalon, aber meine neue Frisur machte mich sympathisch.

Nach einem letzten Blick in den Spiegel und freundlichen Dankesworten, verließ ich den Laden in den hauchigen Dämmer hinaus, um den strammen Fußmarsch nach Hause zu absolvieren.

„Doog!" sagte ein entgegenkommender Herr. Ein Kernseifen-Typus wie einst der Mathematiklehrer „Herr Schreiber" in Aurich.

Ich lief weiter, und am Kreisl begrüßte ich mich herzlich mit Herrn Deak und seiner Frau Julia, einer Dame mit weit auseinanderstehenden Karnickel-zähnen, wo gut und gern ein weiterer Frontzahn dazwischen passen würde.

Daheim dann der Schock: Die Stube hellerleuchtet, die Stehlampe brannte, im Keller mattes Licht, doch von Rehlein keine Spur! Muß man da nicht sofort an den Doppelmord von Gütersloh denken? Ich bimmelte wie verrückt, rief und klopfte aufgeregt gegen die Tür.

Im Schuppen konnte ich hinzu sehen, daß Rehleins Rad dastand.

Im Geiste sah *ich mich schon beim Hartl um Hilfe ansuchen, - und wie wir wenig später gemeinsam die Türe aufbrechen, und Rehlein tot im Keller vorfinden. Ermordet.*

Irgendeine von Buzens Verflossenen hatte endlich so viel zusammengespart, daß sie sich einen Auftragskiller leisten konnte?

Dann hörte man von außen auch noch das Telefon losklingeln. Beharrend und multipel.

Einmal hörte ich Schritte vor dem Gatter, und war schon wieder hoffnungsfroh. Doch es handelte sich um zwei Fremde, die an unserem Anwesen vorbei liefen.

Erst nach langer Zeit spazierte Rehlein den Hügelbuckel empor, und es war so, daß Rehlein mir entgegen gelaufen war. Rehlein habe sehr intensiv Ausschau nach mir gehalten, mich jedoch nicht gesehen.

„Immer diese Wunder", sagte Rehlein betröppelt, dieweil sie es von Buzen her schon so überdrüssig ist. Diese Behauptungen immer!

Na, wenigstens hatte ich mein Rehlein ja wieder, allerdings stak´s leicht auf der B-Seite, während mein Herz wie verrückt bumperte.

Wenig später telefonierte Rehlein mit Buzen in Aurich, und klang leider spröd und förmlich, dieweil sich an der Front in Ostfriesland so gar nichts Rechtes bewegt.

Der Gezeitengschnaas* wälzt sich auf uns zu und droht unseren wunderschönen „Musikalischen Sommer" zu verwässern und zu überspülen, und alle halten sich „bedeckt".

*Gemeint sind die sog. „Gezeitenkonzerte" in Ostfriesland, da unser schönes Festival von böser Hand geraubt, und dreist umetikettiert wurde.

Matthias K. aus H., der Traum einer jeden Schwiegermutter, setzte sich ins gemachte Nest des Intendanten, und beansprucht den *uns* gebührenden Ruhm nun ganz für sich allein. Ähnelnd einem Manne, der einem anderen die Frau ausspannt, in die Pantoffeln des Selbigen steigt, das Schloß an der Türe auswechseln lässt, und sich auch noch im Recht fühlt.

„Letztendlich geht es doch nur um die Musik!" (so sagt er, und lächelt beifällig zu diesen eher dümmlichen Worten.)

Über meine Frisur sagte ich Ming zur Veranschaulichung: „Modell Mutter Beimer - bei den Ü50ern voll im Trend!"

Rehlein und ich aßen Zwergwindbeutel mit Nußmus und ich sprach über die komplizierten Motive die zum Doppelmord von Gütersloh geführt haben, die für die Ermittler kaum aufzudröseln sind.

Das Motiv ist Hass, der auf einem gährenden Mißverständnisfladen gewachsen ist, - und dann wurde ein gänzlich Fremder gebeten, die abscheuliche Bluttat gegen geringen Lohn auszuführen.

Zu später Stund schauten wir das „Nachtcafé" mit dem Thema:

„Manchmal ist weniger mehr."

Zu Beginn der beliebten Talkrunde wird meist ein Einzelgast vorgestellt. Diesmal ein quadratköpfiger Ex-Manager, der sich zum Priester umschulen bzw. um*bessern* ließ, um endlich zufrieden zu werden.

Hernach schwenkte die Kamera in den Salon hinein, wo man arm & reich, froh & unfroh kunterbunt durcheinandergemixt hatte. Und wie´s so ist bei mir: Die Blöden interessierten mehr als die Klugen.

Von letzteren zuerst, da die mich ja nicht so interessieren: Ein Mann mit Rauschebart, der 10 Jahre lang ohne Strom und fließendes Wasser so vor sich hinlebte, und einer, der immer alles repariert. Letzterer schaute aus wie Herr Heike, wenn man etwas Luft abgelassen und ihn kurz durch den Jungbrunnen gezogen hätte, und als er den Mund öffnete, hörte man, daß er österreichisch sprach.

Ein anderer Herr wurde wahrscheinlich allgemein als ärgerlich empfunden: Ein kantiger Typ mit einer vogeligen Frisur, zu gelb um wahr zu sein. Er begann seine Laufbahn als Strech-Limousinen-Schofför in Amerika, und wurde mit Hilfe krummer Methoden steinreich.

Und er liebt es, reich zu sein! Einmal auf der Glückswoge schwimmend, hat er sich auch noch durch Adoption einen Prinzentitel ergaunert, mit dem er sich nun stolz schmückt.

In einem kleinen Filmausschnitt zeigte man, wie er so lebt: Er saß in einem protzig schweren Sessel, stapelte die Füße dazu auf saloppe Weise auf dem Tische auf, und rauchte eine teure Havanna.

Neben ihm (in dieser Sendung) saß eine ebenfalls steinreiche, vielleicht nicht sonderlich sympathische Frau, mit einer weich gepufferten Nase in einem runden Herrengesicht das ausgesprochen spröde Züge aufwies: Eine Bosch-Erbin, die sich auch als Kontrabassistin verdingt.

Samstag, 18. Januar

verhaucht und vernebelt

Rehlein arbeitete an einem sehr kunstvollen Brief zum Heimgang von Tones Papi, dem alten Herrn zu Knyphausen, der heut zu Grabe getragen wird.
Die schöpferische Arbeit hatte Rehlein aufgequirlt.

Ich frug, vielleicht ein wenig infantil, wie die Merkelsche wohl reagiert habe, als sie erfahren mußte, daß der Obama sie abgehört hat?
Ohne groß auf diese Frage einzugehen, oder anders gesagt, quer an dieser Frage vorbei, parodierte Rehlein ein lüstern-zuchtloses Telefonat, daß die Merkelsche *vielleicht* mit einem Politiker geführt haben *könnte*, als das Mohrenohr an der Abhöranlage klebte?
„*Das* hat sie gesagt?" frug ich interessiert, so als sei dies bereits erwiesen – so, wie einst der kleine Martin.

Noch immer liegt das aufgeklappte Pröppi-Büchlein bei uns auf der Eckbank, und am liebsten schaue ich mir jenes Foto an, auf dem das Pröppilein ausschaut wie ein kleiner Herzog.
Rehlein könne das Pröppilein noch 50 Jahre begleiten, wenn sie sich vornähme, die älteste Frau der Welt zu werden.

Dieser Gedanke gefiel, und ich riet Rehlein, jetzt schon damit anzufangen, nach jenem Rezept zu leben, das die älteste Frau der Welt mal verraten hat*: „Wenig Sex, viel Knoblauch und viel Schlaf" – regte ich mit Begeisterung an.

*Ein Satz, den man auf zweierlei Weise lesen und interpretieren darf, und beide Versionen passen.

Dann holte ich das Buch über die verrückte Laurie herbei. („Eine Frau dreht durch!") (Wahre Verbrechen)

Ein Buch, das ich nun schon zum 3. Mal im Leben zur Hand nehme.

Ich las mit ungebrochener Entgeisterung, wie eine spröde und kalte Frau mit Namen Edith Wassermann all die kleinen Sorgen und Nöte ihrer Tochter Laurie als unwichtig und überflüssig abtat, da sie nur den Umzug in ein L-förmiges Haus im Kopf hatte. Gebannt studierte ich den amerikanischen Lebensstil, der in die familiäre Katastrophe münden sollte.

Bei „Allmystery", einer Plattform im Internet, kann man stundenlange Miss-Marple-Diskussionen mit Unbekannten führen.

Man liest beispielsweise kilometerlange Abhandlungen zum Doppelmord von Gütersloh.

Es türmen sich die kompliziertesten Gedankengebäude, auf die man erst einmal kommen muß, denn die Kriminalpolizei hat dafür a) keine Zeit, und steht b) vor einem Rätsel. Man hat nicht den geringsten Anhaltspunkt, und die Ermittlungsarbeit fühlt sich an, als wolle man in blinder Verzweiflung Lottoschein um Lottoschein ausfüllen, denn einer <u>muß</u> doch mal den so verzweifelt ersehnten Millionengewinn bringen?!?

Nach einer Weile loste ich mir meine Tätigkeiten streng nach Schulstundenquadraten zusammen: Beginnend mit einer Karrierestunde, die man als Fabrikarbeit bezeichnen könnte: Ich, bei meinen Konzertaufgabelungen, befand mich im Bodenseekreis, und Rehlein war ganz aus dem Häuschen, da ihr all diese Orte vertraut waren.
Rehlein suchte Opas poetisches Buch „Altes Lied – neues Lieb", herbei, in welchem der romantische Opa all jene Orte besungen hat, die ich nun bemalte, und währenddessen benahm sich Rehlein sehr daltonhaft, indem sie mir ganz viel riet, was ich denen schreiben solle.
Und auch das Satzflickerl „für meine Existenz" solle ich unbedingt irgendwie einbasteln!

„Rehlein, du warst grad *wie* der Jorberg!" rief ich aus. Rehlein hatte nämlich in der Küche damit angehoben, etwas Verdrießliches über Buz zu erzählen. „Da will ich aber jetzt gar nicht drüber reden!" sagte Rehlein überraschend – oder vielleicht auch so, als hätte *ich* um diese Geschichte gebeten. Und genau so war's mit dem Jorberg:

Bedeutungsvoll erzählte er mir einmal, wie es mit der Veronika angefangen hatte:

„Meine Ehe war zu diesem Zeitpunkt….schwierig. Mehr möchte ich dazu jetzt nicht sagen!"

Rehlein erklärte mir, was Männer wohl unter einer „schwierigen" Ehe verstehen: *Er* will poppen, und *sie* ist müd!

Was der Jorberg damals wohl für Worte gemacht hat? Da würde man sich doch zu gern als Mäuslein nochmals in die Vergangenheit versenken.

In Wr. Neustadt stellte ich mir vor, wie die Daaje Polizistin in Wr. Neustadt wird. Doch die Zeiten haben sich geändert. So wie die Musikanten heutzutage auf reiner Eintrittsbasis musizieren, so sagt der Polizeidirektor der Daaje, daß er ihr leider wegen dem Sparpaket keinen Lohn zahlen könne, daß sie dafür aber alles behalten darf, was sie den Falschparkern oder sonstigen Sündern für ihre Verfehlungen aufbrummt und abknöpft.

Leider hatte die Post heut nicht nur zu – sie war auch gar nicht geöffnet gewesen!

Ich stellte mir vor, *wie ich später, als uralte Frau manchmal zu Bio-Fiedler fahre, bloß um mich der Illusion hinzugeben, Rehlein schimmere zwischen den Gängen.*

Rehlein ist in diesem Laden immer sehr in ihrem Element, denn tatsächlich haftet fast jedem Artikel dort etwas Anregendes an, das den Keim für ein neues Leben zu bergen scheint.

Ich durfte mir zwei kleine Tafeln Zotterschokolade aussuchen. Schokoladentafeln mit einem bestimmten Motto oder aber einer flotten Aufschrift, wie beispielsweise „für den Morgenmuffel" - und Friesen- bzw. Schnorrerlogik wäre es gewesen, wenn ich dann einfach noch eine dritte Tafel mit der Aufschrift „Danke!" dazugelegt hätte.

Vor uns an der Kasse standen zwei fädchendünne Mädchen mit Strumpfhosen und Minirock, die wie zwei kleine Sekretärinnen ausschauten. Der Größeren wuchsen bereits zwei Brustzapferln, die sich unter dem Laiberl kaum noch verbergen ließen, allerdings eher spitz und streng denn apfelförmig und künstlerisch gerundet, wie es womöglich lieber gesehen würde?

Abends schauten wir uns jenen Film an, in welchem Götz George seinen eigenen Vater „Heinrich" spielt. Der Heinrich war eigentlich gegen die Nazis - so wie ja der Kirschneroth eigentlich gegen Raub und Existenzruin ist – doch da sie ihm nutzen konnten, kehrte er letztendlich ja doch den Pseudonazi hervor, und tröstete sich mit dem Allerweltsgedanken: „Wenn ich´s nicht mach, so tut´s ein anderer…".

„Meine Aufgabe ist es, erklassiges Theater zu spielen, und die Politik überlasse ich mal lieber den anderen!" legte er sich selber stramm klingende Worte zurecht.

Onkel Dölein hatte geschrieben, daß ich den Petaluma-Aufsatz für die Bea vielleicht tatsächlich etwas abändern möge, denn man könne sich vorstellen, daß die Bea nach der Lektüre ausrufe: „So eine Frechheit. Welch ein Undank! Die kommt mir nicht mehr ins Haus!"

Sie sei so lieb, gutherzig und familienbewusst — schrieb Onkel Dö.

Sonntag, 19. Januar

Klar. Relativ warm +11C°

Vom Gefühl her auf dem Weckeraufschrillspulver liegend, und von leichtem seelischen Unbehagen durchbebt, lag ich am Morgen noch eine Weile im Bettgehäuse.

Angst vor Alter & Einsamkeit.

Ich werde vermutlich unglaublich häßlich, bekomme eine teigige, bleiche zerronnene Haut mit unzähligen pünktchenkleinen Blutschwämmen drauf. Meine zerfurchte Oberlippe wird von dicken schwarzen Borstenhärchen „geziert". Niemand empfindet auch nur das Geringste für mich, und diese häßlichen Gedanken mischten sich mit der Furcht, den Wecker zu überhören.

Buz am Kachelofen erzählte uns, daß die Mutti von Marike Spaans, einer Cembalistin, die im Sommer als Konzertiergast bei uns erwartet wird, gestorben sei.

Vor dem Televisor schlief die 62-jährige für immer ein, während ihre 88-jährige Mutti noch lebt, so daß die untröstliche Marike ja wenigstens noch eine liebende Omi hat.

Auf dem Heimweg vom Joggen traf ich im Knisterwäldchen neben der Pferdekoppel die Irene mit Hund. Wir reichten einander die Hand, befangen in Unschlüssigkeit, ob dies wohl die angemessenste Art der Begrüßung zwischen uns ist? War die Wellenlänge nicht schon besser? Irgendwie scheint mir die Irene um ein paar Grad herber, ohne daß man sagen könnte, ob dieser Eindruck stimmt? Als ich bereits weiterraste, rief sie mir noch fragend nach, wann mein Papi wohl wieder heimkehre?
„In 3 Tagen!"
(„In drei Doog", hätte man es durchaus auch etwas volkstümlicher und in passendem Respekt für die Landbevölkerung einfärben können.)
„Es wäre schön, wenn du dann nochmals zu Besuch kommen könntest, damit er dich auch genießen kann!" rief ich ganz nett und war beim Weiterhoppeln froh, daß ich sie nicht geküsst hab´, weil´s gar zu Gunnar Harms*haft gewirkt hätte.
*ein Herr aus der Bussi-Bussi-Generation.

Vor unserem Gatter traf ich die Irene später erneut. Diesmal sprachen wir über das, was wir studiert haben: Sie Biologie (ich verstand sie jedoch miß, und dachte eine Weile lang, sie habe Philosophie studiert, worauf sie mir eine kurze Weile lang in gänzlich anderem und auch respekteinflößenderem Lichte erschien), Mathemaaatik und Durnen.

Der Aaron ist z.Zt. so unruhig, weil irgendwo im Dorf eine Hündin auf ihn zu warten scheint. Morgens um fünf bellt er bereits unruhig los, und tatsächlich saß der verliebte Hund nun sehnsuchtsvoll auf dem Kalgassenbuckel, den Blick ins Dorf hinabgewandt, und am lebhaften Spiel der Ohren bemerkte man Interesse & Begeisterung, wie man sie einem Menschen eigentlich nur wünschen könnte.

Über die Ü70er hatte ich auch heute wieder nachgedacht und war zu dem Schluß gekommen, daß es die vielen Schicksalsschläge und Enttäuschungen sind, - in einem über 70 jährigen Leben leider kaum zu vermeiden - die das oftmals nicht gutzuheißende Verhalten, und die seltsam anmutenden Unlogiken ausgelöst haben?

Daheim schürte ich alle verfügbare Liebe und Begeisterung für Rehlein zusammen. Rehlein sah so süß aus.

Nach dem Frühstück fand ich leider schon wieder nicht in die Babuschen der Tüchtigkeit. Es war direkt ein bißchen so, als sei meine biologische Uhr auf „Feiermorgen" eingestellt, und nun las ich neben meiner Kaffeetasse, an deren Henkel man sich verzweifelt festhalten möchte, um sich vor dem

Dahintrotten der Zeit fern zu halten, drei Lektüren auf einmal: Ein Buch von Murakami, ferner das Buch über die verrückte Laurie und „die ganze Woche" mit dem törichten Strahlen einer Barbara Wussow auf dem Titelblatt.

Begeistert philosophierte ich Rehlein über diese neue Erfahrung an, drei verschiedene Lektüren auf einmal zu lesen, und benützte hierfür Worte von Dieter Bohlen, auch wenn die, zumindest für das Werk von Murakami völlig unpassend waren: „Kleine Scheiße, mittlere Scheiße und große Scheiße!"

Beim Üben:

Eine handvoll kritischer Sinne schien mein Spiel von außen zu beäugen und zu beöhren, so daß man wohl kaum ganz zufrieden sein konnte?

Die nächste Schufteinheit sollte meiner Karriere geweiht werden, doch Rehlein klimperte soeben an einem Familienrundbrief herum, den sie mit Kinderberichten über mich würzte. Ich fand das so köstlich, doch das Beätchen in mir zog dazu ein langes Gesicht, und konnte es wie schon so oft, nicht fassen, daß jemand Kinderberichte über seine 51-jährige Tochter verfasst.

Rehlein geriet in einen leichten Daltonrausch indem sie nun Onkel Döleins Fotos suchte, die in dem riesigen Beet in Rehleins Früchtebrot-Ordnung regelrecht vergraben zu sein schienen, doch Rehlein wurde fündig!

Anders als Rehlein, die die Fotos z.T. vielleicht nach ihrem Verzückungsauslösungsgrad geordnet hat(?), hat der Onkel die Fotos pragmatisch nach Jahren geordnet.

Nun befanden wir uns in den 40er Jahren.

Die vier ältesten Kinder vom Opa saßen auf einer Holzveranda, und hinzu schaute man in das verhärmte Gesicht des jungen Mobbelchens. Rehlein fand, daß die Kinder allesamt etwas unfroh wirkten, und führte es darauf zurück, daß der Opa oftmals so streng war.

Auf einem anderen Foto sah man die Familie im Walde, und mit dabei saß ein älterer Herr mit Zwicker, der öfters bei denen zu Besuch, dessen Name Rehlein hindess entfallen war.

Nach einer Weile schuftete ich für meine Karriere und fühlte mich in den ersten 15 Minuten mutlos wie selten. Ich fühlte mich ins Jahr 1995 zurückversetzt, als Rehlein mir mal geraten hatte, das Kulturamt in Aurich aufzusuchen, um einen ersten Spatenstich Richtung Weltruhm zu tätigen, denn auch der Weg zum Mond begänne mit einem ersten Schritt in die Höh´.

Doch im Kulturamt saßen bloß zwei Gänse, die mich stupide und töricht musterten. (Frau Klug und Frau Weber? (Zwei Damen, die in unserem, bzw. Mings Leben später noch eine Rolle spielen sollten, wenn auch leider keine rühmliche.)

Ich schaute auf meinen kahlen Mail-Acker drauf, auf dem sich immerhin Rehleins Familienbrief eingefunden hat, und wo nichts mehr zu erwarten war.

Schließlich schickte ich mit einem etwas aufgeschäumten dünnen Schwung einen ganzen Schwapp eines angenehm griffiges Gesuchs an sämtliche Dorfkirchen im Raum Hochschwarzwald-Breisgau, und bloß die Kirche in Gundelfingen sparte ich vorerst aus, auch wenn es Pfarrer Helmut Becker wurscht sein dürfte, wann wer und wo in seiner Kirche spielt. Hauptsache ihm „entstünden koi Unkoschdö"!

Rehlein zeigte mir ihre Geschichten: Frau K. aus A.-Geschichten, ferner einen 17 Seiten langen Indien-Report, und tatsächlich ging einem nun vor Staunen der Hut obbi, wie künstlerisch, gedrängt, farbig und früchtebrötern Rehlein schrieb und schrub.

Ich selber tippte schwungvolle Mails. Z.B. auch an Onkel Dölein, und erzählte ihm von jenem Rezept, das die älteste Frau der Welt für uns Jüngere parat hatte: Wenig Sex, viel Knoblauch und viel Schlaf.

Ich riet Onkel Dölein, gleich damit anzufangen.

Ob man dies Rezept auch dem Jorberg schicken solle? Der hält schließlich hartnäckig an seinem Leben fest, denn „ließe er los" und „ginge", so wäre der Veronika in ihrem Fremdgangsbestreben doch wohl Tür & Tor geöffnet.

Beim Tee erzählte ich Rehlein wieder die lustige Geschichte, wie Veronika und Jorberg gemeinsam in den Himmel einziehen. Froh „es" geschafft zu haben, durchschreiten die beiden den prachtvollen Flur in die heiligen Hallen der Herrlichkeit Gottes – doch dann stockt dem Jorberg der Atem: Sitzt da nicht der Halbmohr aus der Post in Winterbach am Münztischchen vor der herrlichen Damen-Gala-Toilette aus purem Gold, die man als Himmelsankömmling nun bis in alle Ewigkeiten benützen darf?

Später schauten wir gebannt die Lindenstraße:

Ein Shoppoholiker aus dem Frisiersalon frug die gestresste Bäckereibedienstete Gabi hinter dem Bäckereitresen, ob er wohl all jenes, was er im Internet versteigern wolle, in *ihrem* Flur abstellen dürfe? Leicht gestresst genehmigte es die Gabi. Doch abends konnte man es nicht fassen! Der Kaufsüchtige hatte den Flur mit einer ganzen Palette an unnötigen Dingen zugerumpelt!

Wenig später erschien er mit einer Flasche Wein, die die Verärgerung etwas auflösen sollte, und die Gabi ahnte gleich, daß ihm wohl Internet & Handy gesperrt worden waren? Seufzend ließ sie ihn an *ihren* Computer, doch statt sein Gerümpel zu versteigern, *er*steigerte er sich etwas Neues. Einen Bodenstaubsauger.

Abends sprachen wir über die Kupsas – falsche Freunde von einst.

Als wir im Jahre 1969 nach Taiwan auswanderten, hatte Rehlein den Kupsas einen Koffer mit wertvollen Kompositionen vom Yossi anvertraut, und dieser Koffer von vermeintlich unschätzbarem Wert, war als Pfand dafür gedacht, daß der Yossi so viele Jahre bei uns gelebt, und sich auf's Schamloseste hat durchfüttern lassen. Fast das gesamte Gehalt Buzens als Primgeiger im städtischen Symphonieorchester war für diesen seltsamen Heiligen draufgegangen, und sollte es dieser im weiteren Verlaufe des Lebens nun jemals zu Ruhm und Ehren gebracht haben, so könne er den Koffer doch wohl mühelos auslösen! ← All dies hatte sich das junge Rehlein damals so rührend überlegt.

Doch als Rehlein den Kupsa Jahre später auf diesen Koffer ansprach, so wußte dieser von nichts mehr, und schnitt ein dümmlich verständnisloses Gesicht zu Rehleins Frage.

„Ach so, den haben wir – glaub ich – weggeworfen!" so hieß es nach kurzem und gelangweiltem Gestocher in den Erinnerungen lapidar, und das Thema schien vom Tisch gewischt.

Doch wer sagt uns, daß er die Kompositionen nicht heimlich irgendwo aufbewahrt, und sich später selber damit brüsten will?

Eigentlich dürfte Rehlein sich so etwas nicht bieten lassen. Ich riet, den Kupsas einen geharnischten Brief zu schreiben, auf daß denen der Arsch auf Grundeis sinken möge.

„Die sollen in einen erbitterten Ehezwist geraten, in dessen Folge sie mit Messern aufeinander losgehen!" sagte ich erbost.

Der süßeste Ming hatte Rehlein einen so netten Brief geschickt, und mit einem leisen Schmunzeln, das einen feinfühligen Leser zwischen den Zeilen anweht, die Beerdigung vom alten Herrn zu Knyphausen geschildert.
Eine Woche vor seinem Exitus hat Ming ihn ein letztes Mal gesehen. Er saß auf dem Sofa und lächelte Ming aus seinen Augenwinkeln heraus an. Gesagt hat er aber nichts mehr.

Montag, 20. Januar

Dick und grau bewölkt

Zu später Stund gestern haben wir noch einen echten Schatz gehoben: Uralt-Programme vom Musikalischen Sommer.
Doch genaugenommen handelte es sich um einen Schatz *im* Schatz: Auf die Rückseiten der unbenutzt gebliebenen, einst mit der Schreibmaschine niedergetippten Programmzettel hatte Rehlein ihre Erzählungen über Frau K. aus A. draufkopiert.

Rehleins geniale Schriften, in denen Rehlein nun froh badete!

Rehlein zog so viel Inspiration aus ihrer eigenen Genialität, und als angenehm empfindet es Rehlein zudem, daß unser Familienoberhaupt bis auf weiteres in Aurich „gut geparkt" ist.

Die Lücke, die Buz hinterlassen hat, wächst so allmählich zusammen, und bloß vor dem Donnerstagabend, wenn ich extra nach Wien fahren muß, um ihn vom Flughafen abzuholen, würde ich mich gerne ducken.

Ungefähr 11 Tage lang, hat zumindest eine Schicht in mir immer auf ein Brieflein vom Beätchen gewartet, doch die Erinnerung verblasst, und auch die nötige Kraft, um die Gedanken bis nach Petaluma zu schicken, erschlafft so allmählich.

Früher habe ich immer gern auf die Uhr geschaut um zu sehen, wie spät es wohl grad in Petaluma sei, nun aber?

Beim Hoppeln durch den Wald im Morgengrauen, denke ich nun meistens an etwas Anderes, und nur noch gelegentlich schimmern Gedanken ans Beätchen durch mein Gedankengewebe.

Daheim googelte ich den begabten Hobbydetektiv Klaus F. herbei, und zeigte ihn Rehlein. Er, der stets am Computer klebt, um die unglaublichsten Kriminalfälle zu lösen, wendete sein Haupt dem Fotografen zu, und schaute ihn und damit auch uns durch seine Brille wach und belustigt an. Belustigt über die Unfähigkeit der Polizei und der sog. „Profiler", die man wohl getrost als schwachsinnig bezeichnen dürfe, und über die man eigentlich lieber stöhnen sollte.

Rehlein las ein bißchen.

„Muß ich das wirklich lesen?"

„Nein. Natürlich nicht!" sagte ich eifrig, denn viel schöner ist´s, gemeinsam Frau K. aus A. Geschichten zu lesen, und sich *daran* zu ergötzen.

Und doch ist die Polizei sehr froh über Klaus F. der denen unentgeltlich die ganze Arbeit abnimmt.

Ich las eine Geschichte vor, in der Frau K. aus A. ihren nasbohrenden Gatten einmal sehr eindringlich schilderte.

Rehlein in ihrer Erzählung richtete einfach die Lupe auf den Nasbohrenden, und muß man dabei nicht auch an den Onkel Rainer in Toronto denken?

Im Radio wurde eine neue Pianistin mit unglaublichen Worten besungen, so daß ich sie gleich interessiert herbeigoogelte. „Irma Issakadse" . Sie habe ein, im Vergleich zu anderen, stark verfeinertes Klangempfinden und unterzöge sich selber erbarmungslosen Exerzitien.

Ein Kritiker äußerte sich mit überschäumenden Worten über die junge Schönheit aus 1001 Nacht: Man habe immer auf einen Messias in der Musik gewartet der Glenn Gould vom Thron stoßen würde. Doch daß dies nun ausgerechnet einer jungen Frau aus Georgien gelang?

Ich las die Geschichte von Ed Kemper, einem Serienmörder aus Santa Cruz. Irgend jemand hatte sich die Mühe gemacht, das Leben dieses seltsamen Menschen klar und interessant, und mit Liebe zum Detail niederzuschreiben.

Die Mordserie gipfelte darin, daß er seine Mutter ermordete. Er enthauptete sie und spülte ihren Kehlkopf zum Klosett hinab.

Es handelte sich dabei um jenen Kehlkopf, der ihn so viele Jahre lang bezetert und auf´s Häßlichste bemeckert hat.

Und dabei galt die Mutter, die einst als Sekretärin an der Universität in Santa Cruz tätig war, als warmherzig!

Doch Ed Kemper kannte auch diese andere Seite in ihr. Als seine Mutter tot war, bestellte er auch noch ihre beste Freundin unter einem Vorwand, und ermordete auch die, da die beiden Damen immer einfach über ihn psychologisiert hatten.

Dann stellte er sich der Polizei, und die Mordserie fand ein Ende.

Ich begann tüchtig zu werden.

Ohne wenn und aber begann ich den 1. Satz vom Bartok-Konzert durchzuspielen. Ich peitschte mich erbarmungslos durch das Werk, und sammelte dabei die Erkenntnis, daß es „so" einfach nicht weiterginge, denn sonst poliere ich auch mit 75 Jahren noch ziellos an diesem Werk herum.

Renate Laich hatte mir ein Päckchen mit Noten geschickt. Zu meiner Überraschung steht die Sonate in c-moll von Grieg auf dem Programm. Mit anderen Worten: Am 12. März spiele ich ein Konzert mit Werken, von denen ich zur Stund noch kein Einziges beherrsche!
(Grad wie in einem meiner Alpträume).

Am Abend setzte ich mich nieder, und begann einen Kondolenzbrief an den Tone zu formulieren.
Mein eigenes Geschreibsel trieb mich in ganz befremdliche Ecken, aus denen ich selber allerdings etwas Energie sog. Ich listete allerlei auf, was eventuell gegen den Schmerz helfe? Z.B. so zu tun, als sei der Verblichene immer noch da, - und erzählte gleich an diesen seltsamen Vorschlag anschmiegend, wie ich in Grebenstein einfach so zu tun pflege, als sei meine Omi immer noch da.
Wenn ich in Grebenstein ankomme und die Wohnung betrete, so rufe ich: „Ooooomi!!"
„Sitztse da im Dunkeln!" sage ich wenig später, während ich die Lampe anknipse.
„...wer aber liegt dann auf dem Friedhof in der Kelzerstraße?" denken die Schröders, die über mir wohnen, und in dieser hellhörigen Wohnung jedes Wort mit anhören können.
Ich schlüpfe in Omis ausgehauchtes Leben, und Rehlein in Opas.

Bald darauf saßen Rehlein und ich bei einem köstlichen Mittagessen beieinander. Wir verzehrten einen Berg an feinstgewürztem Kartoffelgemüse, in welches Rehlein den Rest vom Roquefort eingearbeitet hatte, so daß es unerhört interessant mundete. Hinzu gab´s Schwarzrettich und Möhren, zu Rohkost verarbeitet, mit Walnüssen.

Hm, dies schmeckte!

Nach Buzesart schauten wir uns die Schlußworte von Richter Alexander Hold an:

Eine langhaarige Dame auf der Anklagebank verzog ihren Mund und die umgebende Physiognomie auf höchst arrogante Weise, und machte dann auch noch hochversnobte Bewegungen mit dem Mund, so als wolle man ausrufen: „pppö!", und als ihr das Schlußwort erteilt wurde, sagte sie einfach:

„Ich habe mir nichts vorzuwerfen!" (Hocharrogant!) Mich erinnerte es an die böse Stiefmutter vom Schneewittchen: Kritisch gegenüber anderen, kritik-unverträglich bei sich selber. Und vielleicht ist die Bea ja auch so?

Vom nächsten Film schaute ich schweren Herzens bloß den Beginn: Er handelte von einer 39-jährigen, und - wie ich fand - leicht unappetitlich und unkeusch wirkenden Pfarrerin – einer Yoko Ono des Pfarrwesens, die stets keine Zeit für ihre Tochter hatte.

„…und ich bin waaahnsinnig stolz auf Dich!" sagte sie ihr zwar, doch solch ein Satz ist schnell dahingegackert, und Zeit hatte sie jedenfalls nie.

Eines erwies sich im Laufe des Films als unwahr:

Daß sie mit 1,54 Promille im Blut Auto gefahren sei, - schlichtweg aus den Fingern gesogen von einem Zeitungsjournalisten. Doch eine andere Sache stimmte (leider!): Die reife Pfarrerin hatte nämlich eine Affäre mit dem blutjungen Kantor Ferdinand begonnen, der sie offenbar bis zum Wahn liebte….bis hierher schaute ich, dann aber radelte ich durch grimmige Gräue nach Lanzenkirchen.

Neben den Glascontainern stand ein vermummter Motorradfahrer, und ich dachte an Ed Kemper, der sich einmal vorgenommen hatte, die erste schöne Frau die ihm begegnet, zu ermorden.

Ob aber ich in Gefahr gewesen wäre?

Jedenfalls aber – um die Geschichte über den Ed weiterzuerzählen - wurde eine solche Frau nie vermisst und auch nie gefunden, auch wenn der Geständnisfreudige ein Geständnis abgelegt hat, das nun, mit einem Fragezeichen versehen in den Akten vor sich hinmodert.

An der Pferdekoppel begrüßte ich unseren Nachbarn, Herrn Hartl.

Warm, zugewandt und freundlich erkundigte ich mich nach all seinen Zipperlein und erfuhr, daß der Fersensporn seit drei Monaten um keinen Deut besser geworden sei. Demnächst habe er wieder einen Termin bei der Ärztin, und dabei kommt dann womöglich ans Tageslicht, daß sich der ganze aboperierte Kallus wieder nachgebildet habe. Etwas, das er für sich ja schon bemerkt hat, doch man braucht auch noch den ärztlichen Stempel als Beweis, daß die Beobachtung denn mal stimmt.

Der Hartl lächelte mild zu diesem Verdrießlikum, und jene Worte, die unausgesprochen blieben, die erzählte ich mir auf dem kleinen Eckerl bis nach Hause noch söiber: *„Leider ist dies nicht die einzige Baustelle in meinem Leben!"*

Einmal sei er fremdgegangen und wollte ehrlich sein, indem er vor seiner Frau die Beichte ablegte. Doch seither erwartet ihn daheim in der Stube von Seiten seiner Angela nur noch Frost und Kälte.

Dann war ich wieder daheim bei Rehlein.

Rehlein freute sich heut sehr über einen handschriftlich verfassten Brief von Herrn Backe.

Herr Backe erinnerte sich in diesem Schreiben dankbar daran, daß auch er einmal zu Gast bei der Tante Bea war, so daß das warmherzige Rehlein gleich vom Bestreben durchwirbelt wurde, der Bea diesen Brief einzuscännen und zuzuschicken, zumal die Bea auf ihre desinteressierte Art an den meisten anderen Menschen, Herrn Backe damals auch direkt nach seinem Besuch schon wieder in den Papierkorb verschoben hatte.

Wollen Sie „Herrn Backe.doc" wirklich in den Papierkorb verschieben?

Ja (x) Nein ( )

„Ou Schätzchen!" dachte die Bea in mir auch gleich gereizt, und löschte den eingescännten Backeschen Brief nach einem flüchtigen Blick darauf auch gleich wieder hinweg.

Rehlein führte ein angespanntes Telefonat mit Buz in Aurich, und wackelte dazu sehr mit dem Munde.
„Welche „die"???" sagte Rehlein mindestens dreimal zu Buzens schwammigen Erzählungen, aus denen die Grundbotschaft hervorschimmerte, daß alles grad genau so sei wie im letzten Jahr – nämlich trostlos! Buz zieht als Bittsteller von Haus zu Haus, doch überall gibt´s nichts als ein mattes „Mal sehen" zu hören.

Um unsere Laune wieder aufzuheizen, holte Rehlein die Schachtel mit den Uralt-Korrespondenzen herbei, und verlas ein sehr verbittertes Gedicht vom Opa für die Christa, die endlich mal geschrieben hatte. Doch der Opa war angewidert von ihrem primitiven Stil, mußte sich Luft machen, und tat dies in Form eines Gedichts!
Was der Opa wohl zu den heut allgemein üblichen Dürrzeilern sagen würde?
Auch Rehlein bekam einmal ein enttäuschtes Gedicht, da der unreife Buz seiner Gattin von seinem ersten Gehalt gleich vier Kleider kaufte. Etwas, was dem genügsamen Opa die Haare zu Berge stehen ließ, und für den Familienmenschen

Opa war's hinzu verdrießlich, daß die Kinder heirateten und dann einfach hinwegzogen.

Rehlein erzählte fesselnd von Christas Einstand in unserer Familie, der vielleicht unter einem weniger guten Sterne stand:

Onkel Dölein kehrte aus den Vereinigten Staaten zurück und präsentierte, wohl mit einiger Unfröhe, eine rasch zusammengeheiratete Ehefrau von zweifelhaftem Charakter: Zwar schlank und gutaussehend in einem schönen roten Kleid steckend....

"...und ich wollte ihr gleich das Violinkonzert von Beethoven vorspielen!" belustigte sich Rehlein in der Erinnerung, - doch dann fing sie einen hasserfüllten Blick von der Christa auf, die es nicht ertragen konnte, wenn sich jemand mit seiner großen Musikalität brüsten will.

Einige Jahre später:

Der kleine Ming entdeckte, daß der Dodl (Erstling von Dölein und Christa) schwer atmete, und dann war die Christa nicht mehr von der Idee abzubringen, der 2-jährige Ming habe seinen kleinen Vetter aus Eifersucht ermorden wollen, zumal es in Amerika ja an der Tagesordnung zu sein scheint, daß 2-jährige damit anfangen, die Verwandten über den Haufen zu schießen.

Wieder wurde die Rede auf's Beätchen geschwenkt, und Rehlein erinnerte sich an jene Zeiten, als man das junge Beätchen in unser damaliges Heim nach

Zürich geholt hatte, wo es ein ganzes Jahr lang als Haushaltshilfe tätig sein durfte.

Doch das Beätchen hieb sich gleich zu Beginn ihrer Haushälterinnenlaufbahn den Kopf an, und lag vier Wochen lang mit einer Gehirnerschütterung brach und flach.

„Ihre Gehüüüürnerschütterung!" höhnte Rehlein, und es erinnerte direkt an Ingrid Gaßmann, wenn sie ihrer Schwester Üüüüüünsa (Insa) hinterherhöhnt.

Abends lief ein „Altenkrimi". D.h., ich nannte ihn einfach so, dieweil eine Seniorin im Altersheim von der Schußwaffe Gebrauch machte, und gleichzeitig fiel mir ein, daß die „Orte" für Krimis ja nun wirklich zu Genüge bedient sind. Jetzt kommen die „Berufskrimis" dran: „Geigerkrimi" „Juristenkrimi" u.a. oder auch „Rentner-Krimi" und eben „Altenkrimi" statt „Alpenkrimi".

Immer wieder lenkte ich die Rede darauf, ob das Rifflein wohl bald nach Europa zieht? Ich nehme ihn mit nach Grebenstein, und wir klappern die wie gefaltet wirkenden Häuser auf dem Burgberg alle einzeln ab: Überall überreicht das Rifflein sehr höflich seine Visitenkarte und erzählt, daß er Hausverschönerer und Lebensrestberater von Beruf sei. Leider sei er obdachlos. Ob man ihm für ein paar Tage ein Dach über dem Kopf bieten könne? Die paar Tage könnte man doch wohl für ein gemeinsames Projekt nützen – und dieses Projekt könne auch die Aufarbeitung von Eheproblemen sein?

Dienstag, 21. Januar

Am Vormittag lichtgrau. Dann sehr grau.
Geballte, fast grimmige Bewölkung

Ich bin immer so froh, wenn sich morgens unter der Türritze zur Wohnstube der vertraute Lichtschimmer zeigt.

In der Stube schaute ich auf Rehleins süßen, beredten Po in einer Gymnastikpose drauf, und zum Glück hatte sich der Regen extra für mich gelegt.

Kein Öl mehr. Die Heizung wärmte nicht mehr und mit zusammengekniffenen Augen schaute die Sonn´ eher herb denn freundlich in unser auskühlendes Wohnzimmer, als sich Rehlein auf Schneider Böck-Art in ihre früchtebrötern geführten Ordner krümmte, um den Namen eines Spezialisten herauszusuchen, bei dem jedoch nur der Anrufsbeantworter abhob.

„Urlaub!" sagte Rehlein leicht betröppelt und fassungslos.

Entweder ist unser Öl zur Neige gegangen, oder die Heizung ist kaputt.

„Jetzt muß ich den Wallner anrufen! Hergott-nochmal!" stöhnte Rehlein, weil doch die „Bunzdaitschn" (Bundesdeutschen) immer über den Tisch gezogen werden, und der Wallner so unverschämt teuer sei.

Uns war hinzu das Brot ausgegangen, und Rehlein sprach davon, wie sie die Türkeireise nun stornieren müsse.

Gernot Wulkop hatte zwar ganz nett geschrieben und mich nach meiner finanziellen Schmerzgrenze befragt, doch sonst bewegt sich in meiner Karriere „net füi".

Ich versuchte Rehlein ein bißchen zu schildern, wie ich als Karriereaufschäumende mich so fühle: Man steht vor einem hohen Berg aus Glas den man bezwingen möchte, rutscht jedoch beim 1. Schritt gleich wieder hinab.

Genau dasselbe Gefühl hat Rehlein auch schon gehabt: Nämlich in Bezug auf Buzen, der hoch oben auf dem Glasberg zu stehen schien.

Diese Gefühle schilderte Rehlein Buzen einmal auf einem gemeinsamen Spaziergang, und als sie zuende erzählt hatte, bemerkte sie, daß Buz gar nicht hingehört hatte.

Dann sprachen wir wieder über Amerika.

Rehlein meinte, daß sie sich vorgenommen hatte, sich nicht zu ärgern, doch wenn das Beätchen wüsste, was Rehlein gedacht hatte!

„Wenn du wüsstest, Beätchen! Ich komm hier bestimmt nicht noch einmal her!"

(Dies habe Rehlein nämlich gedacht.)

Sollte man die kleine Behausung in Petaluma tatsächlich zum letzten Male im Leben gesehen haben? Ich fühlte Bestürzung, und legte ganz viele Karten auf den Tisch, die Rehleins Beschluß zum Einstürzen bringen sollten:

-„Das Beätchen rechnet doch fest damit, daß du im Winter wieder bei ihr überwinterst!"

-„Und wie ist es mit Jesses 70. Geburtstag??"

-„Auch nicht zum 80.??"

„Nein", sagte Rehlein gleichmütig im Tonfall. Und außerdem habe sie das Gefühl, daß mich das Beätchen gar nicht richtig schätzen könne.

Mit dieser Last an Kümmernissen bepackt stahl ich mich ins Ashram hinauf.

Verpackt in Debbies dicken Pullover, nahm ich ein neues Projekt in Angriff: Zehn Tage lang einen schweren 2-Stunden Sack mit reinem „Üb" für das Konzert bei der Hannelore zu füllen, das ja ausschließlich mit Werken bestückt ist, die ich noch gar nicht kann.

Gestern begann ich mit der Grieg Sonate in c-moll, und tatsächlich reichten die zwei Stunden aus, um mir den ersten Satz auswendig ins Hirn zu schaufeln.

Dann war ich wieder unten bei Rehlein, das in der Zwischenzeit einen Heizungsspezialisten empfangen hatte.

Die Heizungsfilter müssten ausgetauscht werden –
dies koste ungefär 180 €, und hinzu käme die
Arbeitszeit. Es sei „ö Wahnsinn!" (So Rehlein)

Beim Stöbern in den Schränken fand ich jenes
Konzertprogramm, das ich im Jahre 1985 liebevoll
für Ming gebastelt habe. Ich hatte Ming einen
bombastischen Lebenslauf getippt, und lachte nun
darüber.
Den habe ich in einem Alter gebastelt, in welchem
Julia Fischer bereits Professorin war!

Bei uns gab´s ein Lecker-Mittagessen.
Bestehend aus einer Wurst in einem warmen
Sauerkrautsnest, und hinzu gab´s Kartoffelchips aus
dem Bioladen, die allerdings mit Beätchens Chips
nicht konkurrieren konnten, da sie einfach bloß nach
gesalzenen Kartoffeln schmeckten.
Dazu gab´s auch noch Rohkost.
Rehlein sah ein bißchen trübe und resigniert aus, und
wärmte auch heute so viele Verfehlungen Buzens
auf, daß ich ganz mutlos wurde.
Z.B. erzählte sie, wie der Fukui (Buzens Boss in der
Musikhochschule in Tokyo) wünschte, daß sich
Buzens Spezi Paul Dan die Haare schneiden ließe.
Da ließ Buz sich aus Solidarität für den Kumpel eine
Tulpenfrisur stehen. (Eine Tulpe mit hängendem
Haupt über den Kopf eines Geigers gestülpt, muß
sich der Leser dabei vorstellen.) Und diese Frisur auf

dem schönen Haupt Buzens habe einfach entsetzlich ausgesehen!

Einmal schauten wir uns einen Gerechtigkeitsfall an:
Eine 16-jährige war Mutter geworden, und *ihre* Mutter tat so, als seien die jungen Leute viel zu unreif für die Aufzucht, und tatsächlich schaute der 17-jährige Vater mit seiner schwarzen Windfrisur und dem overpircten Gesicht so unreif aus, daß es schier zum lachen war.
Flegelhaft benahm er sich auch noch, und seiner Unreife zum Trotze, nahm er sich auch noch eine Anwältin.

Wieder fing ich davon an, daß das Rifflein kommen solle. Wir schreiben der Bea: "Hausverschönerer werden hier dringend gesucht!"
„Red keinen Unsinn!" sagte Rehlein herb, doch ich erinnerte daran, daß die Zeit mit dem Lindalein* die schönste in unserem Leben war.
*Riffleins große Schwester, die drei Jahre lang bei uns wohnte.

Zur Jausenstunde schauten wir „Brisant":
In Deutschland sind spiegelglatte Straßen zu beklagen.
Ein Dachdecker rutschte vom Dach und starb.

Ich spielte noch etwas Geige, bis erneut ein schwerer und klobiger Zwei-Stunden-Sack zugeschnürt werden durfte.

Abgeschreckt durch das Beispiel Buzens, der an den Stücken meist nur herumübt, ohne sie jemals vorführbereit aus der Tasche ziehen zu können, spielte ich das Paganini-Konzert durch. Und tatsächlich: mit Schrunden, Haken und Ösen, die ich z.T. auf kalte und alternde Hände zurückführte.

Ich heftete noch das Strawinski-Konzert hintan, doch gegen Ende des Werkes wurde mein Können leider etwas brüchiger.

Dann aber schlug die Uhr bereits 8, und nach Art eines braven Arbeitsnehmers traf ich bald darauf „daheim", sprich, unten in der Stube, ein.

Mittwoch, 22. Januar

Blau-grau, feucht. Vorbeiziehende Bewölkung

Beim Rumhoppeln im Morgengrauen dachte ich nur noch schlapp und lustlos an einzelne Figuren aus meinem Bekanntenkreise, und zwischen diesen zu nichts führenden Gedanken schimmerten auch gelegentlich Gedanken an die Tante Bea auf.

Doch die Bea ist in weite Ferne hinweggeschnurrt. Klein wie ein Fixstern am Himmel.

Ich begoogelte den Mord an Anna-Lena U., die einst beim Brüdi Cellostunden genommen hat.

Der Täter Norman L. (46) bekam im Schweriner Landgericht eine lebenslange Freiheitsstrafe aufgebrummt, auch wenn er sich ganz viel Hoffnung gemacht hatte, man könne ihm seine Version einer Tötung im Affekt abkaufen, so daß er bald wieder daheim bei seinen Lieben wäre.

Doch die Staatanwaltschaft gab sich hart und erbarmungslos, und stellte darüber hinaus auch noch die besondere Schwere der Schuld fest, so daß Norman L. sich keine Hoffnung auf eine Entlassung nach 15 Jahren machen darf. Seine verheulte Frau Daniela hält aber zu ihm, und man sah sogar einen handgeschriebenen vernümbfdjen Brief, den der Täter seiner Frau aus dem Knast geschickt hat:

„Hey Ela!" schrieb er zur Begrüßung.

Er erzählte ein bißchen vom Knast und frug vorsichtig, ob sie wohl auszusagen gedächte? Besser wäre es, alles mit dem Anwalt abzusprechen – regte er vorsichtig an. **Sag den Kindern das(!) ich sie liebe!** schrieb er schülerhaft, das „Das" bloß mit einem schlappen s, so wie's von den Rechtschreibungsexperten unter uns nicht gutgeheißen würde.

Rehlein hatte einen ganz kurzen 1 ½ Zeiler von ihrem Schwager Jesse erhalten, der mitten im Satz abbricht. Bedingt durch Löckchen, die ihr der kleine Charles gezwirbelt hat, sähe die Bea gerade höchst großmütterlich aus, ließ man uns hier in Europa ein kleines Amüsierlikum wissen.

Ich glaube, der Jesse ist begeistert vom süßesten Rehlein, und wünschte, die Bea sei so wie sie?!

Rehlein scännte allerlei für ihre Lieben ein. Z.B. Herrn Backes Brief für die Bea, auch wenn dererlei die Bea ja wohl kaum interessiert.

Hernach erzählte Rehlein von einer Geigerin, die aus dem Fränkischen herbeigereist, und alsbald etwas sauer und verstimmt mit Buzen war, da er sie als pädagogischen Braten kaum wahrnahm, und einfach links liegen ließ. Auf fränkisch redete sie somit Klartext mit Rehlein: Sie habe das Geld überwiesen, und dafür möchte sie jetzt ihren Unterricht haben, sonst wünsche sie ihr Geld zurück, und zwar jetzt gleich, hier und heute – auf der Stelle!

Rehlein konnte jetzt aber kein Finanzloch gebrauchen, und so nahm sie die pädagogische Mühe selber auf sich.

„Ich mache dies, weil ich vom Klavier aus unterrichte!" gab sich Rehlein als Guru-Assistentin aus, und tätigte ihre pädagogischen Bemühungen vom Flügel aus, wo sie die Dame bei einem Küchler-Konzert begleitete, das diese allerdings leider ganz staksig und schülerhaft spielte, so daß dem Lauschenden kein Genuß beschieden war.

Die Dame hindess war begeistert von Rehlein, und rief sie fortan allabendlich an – bis es Rehlein zu bunt wurde.

„Gehen Sie zum Teufel!" wütete Rehlein in den Hörer hinein, und ist seither auch nicht mehr bestalkt worden.

Ich aber fände die Idee, bestalkt zu werden aufregend. Etwas was ja der Veronika passierte – und wenn der Jorberg das launige Foto zu Gesicht bekäme, das hier bei uns herumliegt, und die Veronika an der Seite Buzens zeigt, dann au wei!

Ständig würde er das Foto zur Hand nehmen, und schweißgebadet und fassungslos daran herumanalysieren. Daß die Veronika tatsächlich einen Arm um das Schulterblatt des begnadeten Geigers und Violinpädagogen gelegt hat??

„Das passt doch überhaupt nicht zu ihr!" denkt der Jorberg unglücklich, „es sei denn, die Gefühle sind tief und echt!"

Mittags aßen Rehlein und ich feinstes Spinatgemüse und Hummus, und zum Nachtisch gab´s Sauerkraut. Hm!

Es machte echt Spaß, das „Mittagsmagazin" anzuschauen, und sich in Themenecken hinschwemmen zu lassen, an die man von selbst wohl kaum gedacht hätte? Man lernte beispielsweise einen fröhlichen Schönheitschirurgen kennen, der nach Brasilien gereist war, um verunstaltete Kinder, die beispielsweise mit einer Hasenscharte auf die Welt gekommen waren, wieder schön zu machen, und denen somit ein wunderbares Leben zu ermöglichen. Es folgte eine Eiskunstlaufreportage.

Interviewt wurde Irina Rodnina, einst gefeierte Olympiasiegerin und Weltmeisterin - heute eine mürrische alte Frau mit Brille und wulstigen sauren Lippen, aussehend wie eine Reinmachefrau im Altersheim.

Über die Schönheitschirurgie rief ich aus: „Dies sollte mal der Bischof Tebartz machen!" und Rehlein hatte es soeben auch gedacht.

„Würde der Bischof in deinem Ansehen steigen, wenn er ein Seminar für Schönheitschirurgie belegte?" Na, diese Frage kann wohl nur von mir gekommen sein.

Später ergoogelten wir uns Renate Eggebrecht und staunten nicht schlecht: Sie und ihr Ehegespons, der Kupsa, je in Wikipedia verzeichnet, sollten somit jedermann ein Begriff sein.

Üppigstes hat man über dies glamouröse Paar zusammengetragen, und von der Renate, einer schicken, ambitionierten reifen Geigerin um die 70, existiert gar ein ellenlanges, anstrengend zu lesendes Interview, in welchem sie sich als Intellektuelle, der es um den Zugang zur Bachschen Musik geht, geriert. Sogar von der reinen und temperierten Stimmung ist darin die Rede. Doch leider sind´s nicht so meine Themen.

Heute sollte unser Öl geliefert werden, und nach Art eines verliebten Backfischs schaute Rehlein beim Mittagessen beständig aus dem Fenster.

„Ob er wohl endlich kommt??"

Tatsächlich hatte das umsichtige Rehlein auch noch Buzens Auto aus der Garage herausgeparkt - und später, als Rehlein das Auto wieder einparkte, hörte man die Autohupe, und ich bekam Angst, Rehlein käme aus dem Auto nicht mehr heraus, weil irgendwas mit der Elektronik im Unlot sei?

Dann bewehte mich ein anderer schrecklicher Verdacht: Rehlein sei tot über dem Steuer zusammengebrochen, direkt auf die Hupe drauf - doch später zeigte sich Rehlein ja doch.

Rehlein schaute eine Real-Soap im RTL: „Detektive im Einsatz": Ein deutscher Einwanderer in Amerika, über und über tätowiert, und mit einem knackigen blonden Betthäschen an seiner Seite, sollte einen vermissten gelben Oldtimer aufspüren, und Rehlein im Sorgenstuhl war gebannt.

Die sonst so vorbildlichen Amerikaner können ja echt unmöglich sein, wenn man ihnen mit einer unliebsamen Frage kommt: z.B. eine Dame, die von dem blonden Betthäschen höflich nach dem verschollenen Auto befragt wurde: Die wurde richtig kiebig und unangenehm – doch später wurde eben diese unmögliche Frau von ihrem rohen Ehemann so bestialisch verprügelt, daß man die Schandarmerie herbeirufen mußte.

Donnerstag, 23. Januar

Kalt und hellgrau bewölkt
Laut Wetterbericht soll es nach 23 Uhr beginnen
leise loszuschneien

Ich rannte in jenen Tag hinein, wo ich am Abend
Spätheimkömmling Buz aus Wien Schwechat
abholen sollte.

Nach der Joggerei am Morgen stak ich, eingebacken
wie in einen Brotteig, in einem tief empfundenen
Bestreben, den Tag gescheit an den Hörnern zu
packen, und gleich zu Tagesbeginn eine
Übanzahlung zu leisten.
(Hätte man diesen Satz nicht auch knapper
formulieren können?)
Doch Rehlein als Mutter beharrte streng darauf, daß
ich zunächst ein Glas Wasser trinke, und nun hatten
wir auch gleich zu einem, in doppeltem Sinne
bannenden Thema hinmoduliert, indem mich das
Thema neben seinem bannenden Inhalt auch gleich
wieder auf die Eckbank draufgebannt hat, von
welcher aus naturgemäß nicht sehr viel geschieht:
Ausgangsmodulierend davon, daß Rehlein im Radio
ein sehr interessantes Klavierwerk gehört habe: Von
Ernesto... – der Zuname war Rehlein leider
entfallen, doch das emsige Rehlein hatte ihn ja auf
einen Zettel notiert, und nun dachte Rehlein, daß

man Ming die Noten einfach bestellen, und vorlegen sollte.

„So schön wie von Pauline Viardot!" schwärmte Rehlein, „das war doch wirklich schön?" –

„…nur weil's ne Frau ist…" höhnte Rehlein der allgemeinen Dummheit und Borniertheit zu.

Doch die Werke von Pauline Viardot sind einfach zauberhaft, und drum habe sich die Veronika auch einen ganzen Schwall Noten von Pauline Viardot kommen lassen, um die Werke in der Weihnachts-vakanz zusammen mit ihrer Mutti zu musizieren, die recht gut Klavier spiele.

Doch leider dauere es nie sehr lang, und die Damen schrammen wieder aneinander.

„Und man kommt wieder nicht umhin,
zu einem ganzen Tag voll Grimm!"
zitierte ich aus einem Gedicht von Veronikas Schwester Franziska.

Zum Frühstück schauten wir wieder die Zoo-Doku.

„Ich will meinen Hornraben sehen!" rief ich aus, denn der leider einflügelige, putzig ausschauende Hornrabe war mir gestern so sympathisch gewesen. Besonders, als es hieß, daß er „ausgesprochen gesellig" sei. Dies erinnerte mich so an den süßen Buz, und für einen kurzen Moment wünschte ich mir, Rehlein und ich wären zwei Hornraben geworden.

Hernach schauten wir einen Familienfall über eine beklemmend unreife Tochter: Die 18-jährige Kim, zwar mit Haaren aus purem Gold, so jedoch mit einer widerlich kiebigen Stimme ausgestattet, mit der sie ausnahmslos zwiderwurzige Unverschämtheiten von sich gab, so daß ihre 48-jährige, verhärmte Mutter Beate wohl keinesfalls zu beneiden ist?
Was sich die unverschämte Kim alles erlaubte, während ihr Mutti putzen ging!
Mutti Beate bekam zweimal im Monat ein Gehalt, da sie an zwei verschiedenen Stellen putzte, und nun hatte die böse Tochter ihr Passwort auf der Bank geknackt, und hinzu für über 2000€ Schulden gemacht.
Die Tochter schloß drei verschiedene Händi-Verträge ab, angelte sich einen über und über tätowierten, unsympathischen 40-jährigen Lover, und dann verkaufte sie auch noch den schönen Läptop, den sich ihre Mutti zusammengespart hatte, um mit ihrem Freund Günther zu chätten. Zum Schluß sah Mutti Beate keine andere Möglichkeit mehr, als ihr eigen Fleisch & Blut hinauszuwerfen.

Buz rief an, und ließ durchschimmern, daß es das Beste wäre, wenn ich ihn vom Flughafen abholte, doch mich erfüllte diese Aufgabe mit Mürrnis: Es war kälter geworden, und im Geiste sah ich, *wie sich das Schneegewebe bei Dunkelheit verdichtete, und das Flugzeug hinzu um 5 Stunden verspätet sei.*

175

Zum Kaffee schauten wir „Brisant":

Schon bald wurde die Rede auf Knästling Uli Hoeneß geschwenkt.

Ich machte beschwichtigende Worte um seine Steuersünden, doch Rehlein wischte die höchst unwirsch beiseite.

Würstelartig reihten sich interessante Themen aneinander: Es wurde berichtet, wie der Heino nach Afrika gereist war, und man sah ihn neben einer barbusigen Dame mit ihrem entzückenden kleinen Kinde stehen.

„Sicher ist der Heino nach Afrika gereist, um den Menschen mit seiner Musik Freude zu schenken!" sagte ich auf die harmlose Art einer lieben alten hessischen Dame.

Es war dunkel geworden und bzgl. der Schwechat-Reise fühlte ich mich höchst verdrossen.

Wenn man nur wieder daheim wäre!

Auf 20.25 Uhr hatte ich meine Abfahrt terminiert.

Was alles bedacht werden wollte! Z.B. für den Fall der Fälle eine dicke Decke mitzunehmen. Rehlein achtete sehr darauf, daß ich in meine warmen Stiefel steige.

Ich ließ den Motor aufheulen und fädelte mich schließlich äußerst zimperlich aus dem kratzbürstigen Buschgestrüpp ins Freie. D.h. man zwängt das Auto powärts auf den Weg drauf, und schon scheint ein Baum „kußbereit" am Autopo zu kleben.

Doch ich schaffte es, mich aus dem Anwesen hinauszufädeln, und fuhr durch finsterste Nacht.

Aus dem Radio tönte das freudlose Gebabbel eines Altpolitikers, den ich gar für Bruno Kreisky hielt. Doch es war bloß ein Wegbereiter und hinzu gläubiger Katholik. Etwas was ich aber erst auf dem letzten Fangarm zum Flughafen erfuhr.

Leicht verspätet kam ich an, und Buz stand bereits mit dem Händi am Ohr am Treffpunkt und telefonierte mit Rehlein daheim.

Nach der freundlichen Begrüßung setzte Buz selber sich ans Steuer, und berichtete farbig von den glanzlosen Landschaftsmagnaten.

Der süße Buz sah das Ganze jedoch positiv, da Buz ein freundlicher, warmherziger und versöhnlicher Mensch ist.

D.h. nach der Hälfte der Fahrt schimmerte durch, daß es vielleicht doch nicht so positiv ausschaue, so daß ich als Beifahrerin ein verdrossenes Gesicht zog, aus dem sich jedoch nicht viel herauslesen ließ, wie ich beim Blick in den Spiegel selber fand.

Man möchte Köpfe rollen sehen, und hört doch nur Worte jener Art, daß man sich versöhnen solle, und daß Ming dies nicht einsähe.

Die Rede schwenkte weiter zum Pröppilein, und ich erfuhr, daß das Pröppilein gerne Dinge ordnet und die Tasten am Klavier einzeln antippt, statt Klaster-Kakophonien herabzuhauen, wie es ja ansonsten Kleinkindart ist.

„Ein kleines Genie!" freute ich mich mit Buzen im Duett, doch alles ist so fern.

Ich erfuhr, daß das Julchen so schön und kunstvoll schneidere, und dann waren wir auch schon daheim bei Rehlein und vertieften die Themen.

Buz bekam einen Erdnußtaler serviert, und wir tranken Tee und lauschten Buzens farbigen Erzählungen aus dem fernen Ostfriesland gebannt.

Buz hatte Bedenken, ob es wohl wirklich das Richtige für Rehleins Nerven sei, die junge Familie zu besuchen? Es sähe unglaublich aus, und *mein* Zimmer sei in eine Rumpelkammer verwandelt worden.

Später vertiefte Buz das Thema – mehr noch: Als Rehlein sich ins Bett retiriert hatte, schien Buz mit diesem Thema regelrecht in ein Kielwasser geraten: Daß er nicht schlau daraus würde, was Ming wohl mit seiner Zukunft vorhabe? Unterrichten möchte er nicht, weil es nicht sein Ding sei, und auf die Professur in Trossingen wagte Buz ihn gar nicht erst anzusprechen. Eventuell plane das Julchen Medizin zu studieren, damit man eine gescheite Basis hätte. Auch mir riet Buz, nicht zu lange in Aurich zu bleiben: Das sei jetzt eine eigene kleine Familie, die sich viele Meilen von meiner Art zu leben, entfernt habe. Das Julchen sei sehr vernünftig und anspruchsvoll und dominiere den Ming.

Ming sei mittlerweile müllerisiert, so, wie er einst baumfalkisiert und olthoffisiert war. (So hießen all seine Verflossenen mit Zunamen.)

Im Bett fand ich Trost in der Lektüre über die verrückte Laurie.

Freitag, 24. Januar

Leicht verschneit – sah aber schön aus

Rehlein meditierte vor dem Bildschirm, auf welchem der blonde Zen-Meister agierte.

Ich rannte durch den Schnee und nahm mir diesmal Mobbls Leben vor, über das ich nachdenken wollte. Beginnend mit dem 24. Januar 1910, als die Uroma in Stuttgart grad schwanger war.

Zu jedem Jahr stellte ich mir ein Foto vor, und bald schon wurde mir klar, daß ich über Omi Mobbels Schulzeit rein gar nichts weiß. Es herrschte Krieg, und über diese Zeit hat Mobbl uns kaum je etwas erzählt, weil die Dame Gerswind ihr ganzes Denken ausgefüllt hat, und wir wiederum verabsäumt haben, danach zu fragen.

Nicht *ein* Klassenkamerad Mobblns ist einem jemals in einer Erzählung begegnet.

Als fremd und ungreifbar empfand ich auch das Jahr 1937. Ein Jahr, das allerdings ja doch irgendwie stattgefunden haben muß? Doch es fällt einem nichts rechtes ein, was man darüber so denken könne, außer daß Onkel Dölein damals so ofenfrisch war, wie's heut das Pröppilein ist.

(Ein Jahr alt.)

Meine Gedanken wanderten weiter zu Ming in dem zugerumpelten Haus, und wie er nun bei einer strengen dominanten Frau in der Falle sitzt. Am Ende endet Ming als Hausmann bei einer Ärztin, und ich bin ja wirklich gespannt, was in 10 Jahren aus denen geworden ist?

Daheim saß der süße Buz wieder in seiner eigenen Lücke, an die man sich doch schon gewöhnt hatte.

Wieder sprach ich Buzen auf jenen Themenaspekt an, der mich z.Zt. gefesselt hält: Wie das jetzt in Aurich wohl so sei?

„Der Papa will jetzt vielleicht seinen Kopf zusammenhalten!" sagte Rehlein angesicht dessen nett, daß sich Buz doch an der Absprungsrampe nach Wien befand.

Doch während Rehlein noch sprach, waren wiederum meine Worte bei dem Zeitverzögerten angekommen, und Buz erzählte bereitwillig, wie das in Aurich wohl so sei.

Eine Sache bereitet Buz Kopfzerbrechen: Daß ein fast 50-jähriger Herr sich den ganzen Tag um ein Kleinkind kümmern muß. Das kann's doch nicht sein!

Gestern hatte Rehlein ein Telefonat mit den jungen Leuten geführt, und das Pröppilein habe so interessiert: „da-da-da-da-daaaa!" gesagt.

Rehlein erzählte Buzen vom Video des Tages:
Von einem indischen Kleinkind in einer
Millionenstadt, das hoch oben in einem
Wolkenkratzer auf einem Fenstersims herumturnte,
bevor es von zwei behaarten Armen in rasender
Geschwindigkeit eingefangen und ins Haus zurück
gezogen wurde.

Heute haben wir unserem Familienoberhaupt gar
nicht besorgt hinterhergeschaut wie sonst, und so
war Buz plözlich einfach von alleine verschwunden.
Aufgesaugt von der Zeit, so könnte man meinen.

Wieder schauten wir einen Fall aus dem wahren
Leben:
Eine rothaarige Dame namens Anke „schönte" ihr
fades Zeugnis, und ein Herr mit glänzend-grauer
Tulpenfrisur stellte sie daraufhin auch ein, und
versuchte chefgemäß bald darauf, sie in die Kiste zu
locken. Doch einer Mitarbeiterin gefiel das gar nicht.
Ständig lauerte sie der Anke auf, um sie höhnisch mit
alldem zu konfrontieren was sie über den Chef
herausgefunden habe. *Etwas was man ja durchaus auch
mit Landschaftsdirektor Bärenfänger betreiben könnte?*
dachte ich lustvoll zu diesem Fernsehgenuß, aus
welchen ich immer so viele Anregungen für mein
eigenes Leben zu ziehen pflege. *Man heftet sich bei
seinem abendlichen Gang zum Parkplatz einfach an seine
Seite, und listet alles auf, was man so über ihn herausgefunden*

hat? „Ich habe eine Detektei beauftragt, und was die herausgefunden hat, wird Ihnen wohl kaum schmecken?!"

Zurück zum Film: Es gab ein Geschrei! – Doch von Seiten des Chefs war´s ja die große Liebe, und da die Stunde, die das Leben diesem Fall eingeräumt hat schon bald um war, mußte in Windeseile ein rührendes und begeisterndes Ende im Wagner-Pizza-Idyll herbeigezaubert werden.

Der Chef bat die Anke, seine Frau zu werden, und die Anke sagte freudig zu, womit dann auch das letzte Mitarbeitergeunke verstummt war, zumal man alle Mitarbeiter zur Hochzeit einlud. Einem gigantischen Fest, das man so rasch nicht vergisst.

"Brisant" schauten wir auch noch, und ganz plötzlich war die herrliche Schneelandschaft vor dem Fenster, der Dunkelheit gewichen.

Man berichtete vom grenzdebilen König Carl-Gustav. Ein Mafioso, der ihm wegen seiner Bordell-Affäre den größten Ärger gemacht hat, sei ermordet worden.

Neben mir auf der Eckbank lag ein ZEIT-Artikel über ausländische Musikstudenten die kein Deutsch sprechen. „Es sind gute Musiker, keine Frage", schrieb der Journalist nach Art vom Auricher Hausarzt Albrecht K.

Samstag, 25. Januar

Dicht und grau bewölkt. Eingeschneit

Am morgen stand man wie alle Tage in einen neuen,
Frost verheißenden Tag hineingepflanzt erstmal so
da.

Rehlein in liegender Gymnastikpose lächelte mich so
lieb an, und schon wenn ich von der Treppe aus den
vertrauten Lichtschimmer unter der Türritze
hindurch leuchten sehe, ringe ich ergriffen und
dankbar schüttelnd die Hände, so wie einst Leonard
Bernstein nach einem äußerst gelungenen Menuett in
einer Mahler-Symphonie.

Hernach rannte und hoppelte ich wieder durch den
Schnee. Diesmal nahm ich mir das Leben der kleinen
Aida vor: Jeder Abschnitt ein Jahr in Aidas Leben.
Doch der Murakami hat recht: Beim Laufen lassen
sich keine feinen Gedanken herbeimelken. Die
Geisteszitzen ziehen sich unter der Anstrengung
zusammen, und bieten wenig, auch wenn man noch
so sehr an ihnen herumzieht – sprich, sich Mühe
gibt.

Die älter werdende Aida zieht nach Amerika, beginnt eine
Affäre mit ihrem Brotherrn, die zu nichts führt, stellt nichts
Rechtes auf die Beine, es vergeht Jahr um Jahr, und es bewegt
sich nichts!

Jetzt war ich wieder daheim.

Das süßeste Rehlein leuchtete auf der A-Seite, und ich hätte jetzt schon einen Kaffee bekommen können. Doch in meiner Bestrebung rasch los zu üben, schwang ja die Furcht vor meiner eigenen Schwäche mit.

„Dann bleib ich immer gleich kleben!" sagte ich kläglich, und: "Ich muß den aufgewirbelten Schwung für eine Übanzahlung nutzen." Das sah Rehlein ein, und alsbald hörte man mich auch oben mit klammen Fingern aufüben. Grieg Sonate in c-moll, letzter Satz. Doch diesmal spürte ich Buzens Ohren von unten her lastend auf meinen musikalischen Bemühungen kleben, und so versuchte ich die rosa gefrorene Klämme oder auch Alterstrockenheit meiner Finger durch Temperament zu kompensieren, und spielte somit etwas stürmischer.

Mittags saß Buz am Läptop, und ließ sich in seinem Eifer nur schwer zum Mittagessen herbeilocken.

Während man noch auf ihn wartete, philosophierte mich Rehlein mit ihrem Gedankengut an: Beim putzen, bügeln und googeln denkt sich Rehlein nämlich immer was dabei.

Rehlein imitierte zum Spaß eine ganz dumme Gestalt, die sich nämlich gar nichts dabei denkt. Dann kam Buz doch, und setzte sich auf seinen Platz.

Heut habe sie über die Fantasie nachgedacht, fuhr Rehlein fort – denn ohne die Fantasie wären all die schönen Erfindungen um uns herum doch wohl kaum gemacht worden? Z.B. einen „Apple" mit einer unverdrahteten Maus zu erfinden, wie es unserem Exonkel Ric ja offenbar geglückt ist?

Für einen anderen Gedanken mußte Rehlein ein wenig ausholen, und sprach vom Phaeton. Ob Buz wisse, wer Phaeton war?

„Ja. Jemand, der einer Automarke seinen Namen geliehen hat!"

Über diese Antwort, die ihr gar zu pubertär oder aber stammtischartig schien, erunwirschte sich Rehlein leicht und erklärte, - wenn auch auf eher wackeligem Wissen fußend, - daß es sich dabei um einen schönen Jüngling gehandelt habe, der den Sonnenwagen ziehen wollte.

Noch einmal sollte sich Rehlein an diesem Morgen leicht über Buz erunwirschen müssen, und als Buz mit der Han-Lin telefonierte, da ließ Rehlein etwas Dampf über ihn ab, obwohl man eigentlich sagen muß, daß Buz seit einigen Tagen ein Anderer geworden ist. Er hatte sich gebessert, doch über diese Besserung war Rehlein eher „erstaunt" denn erfreut, denn der Pessimist lässt die Erfreuung nicht so bald an sich heran, und nun war's ein bißchen so wie in der Geschichte von jenem Herrn in einem Eisenbahnabteil, der beständig ausrief: „Hab ich´n HUNGER!!" Er rief es so oft, bis ein leicht genervter Mitpassagier ihm sein Jausenbrot vermachte. Und hernach rief der Beschenkte die ganze Zeit: „HATT ich ´n Hunger!"

Und in Rehleins Innerem glimmt trotz Buzens Besserung noch jede Menge unverglimmbarer Grimm.

Rehlein war von den ärgerlichen Erinnerungen an die dummen und dreisten Schüler und Spezis plötzlich nervös und mißvergnügt geworden. Doch ich hatte eine Idee, die Rehlein rapide wieder froh stimmte. Ich beschloß, zusammen mit Rehlein ein Gedicht aus Opas Gedichtband „Allerleireimsel" auswendig zu lernen.

„Hohle Worte".

Interessiert lernten wir es auswendig, und nun war's *ich* die sich von diesem Gedicht angesprochen und wachgerüttelt fühlte: Es ging nämlich um den hohlen Wunsch nach Friede. Bin *ich's* nicht immer, die wünschte, die Erwachsenen gäben endlich Frieden? Wie schon so oft mußte man freudig konstatieren, daß uns der Opa in Form seiner Gedichte einen ganzen Sack voller Gold hinterlassen hat. D.h. in abgewandelter Form durfte ich mich so fühlen, wie eine andere Frau, die eines Tages in den Keller hinabsteigt, und dort einen Sack mit Gold findet, den ihr verstorbener Großvater in jungen Jahren als Gehilfe in einer Bäckerei redlich verdient, und hernach vergessen hat.

Buz glühte vor Eifer, sich das schamlose Ministerium vorzuknöpfen.

Wenig später rief der süße Ming an, und bevor Ming noch dazu kam, den Grund seines Anrufs zu benennen, sagte Rehlein ihm das frisch gelernte und noch sehr lose im Hirn sitzende Gedicht auf, und der feinfühlige Ming erriet gleich ganz richtig, daß es nur von Konrad E. Pannonius stammen könne.

Wenig später wurde der Deak erwartet, und in beißender Kälte öffnete ich unserem Privat-Heiligen das Tor.

Rehlein erzählte uns ergriffen, daß der Deak ihr durch seine Hilfe das Leben gerettet habe. Die Sache mit dem TÜV, die hätte uns Tausende gekostet! rang Rehlein einem Verdrießlikum, das nochmals hatte abgewendet werden können, bebend die Hände hinterher.

Der, und das Pröppilein!

Mit anderen Worten: Ohne Herrn Deak und das Pröppilein läge Rehlein längst auf dem Friedhof, weil uns die Sorgen über dem Kopf zusammen-zuschwappen drohten. So aber schimmerten zwei Sonnenstrahlen durch die Sorgentrübnis, an denen man sich ins Leben zurückhangeln konnte.

Der Deak war gekommen, um Buzens Auto fachkundig an die Dialyse zu hängen.

Mittags fuhren Rehlein und ich zu „Bio Fiedler" nach Wr. Neustadt. Im Auto sprach ich davon, wie wir heut unbedingt nach fröhlichen Gesichtern Ausschau halten müssen, um uns darüber zu freuen!

Und überhaupt müssen wir uns darauf konditionieren, daß wir begeistert einkaufen! Normalerweise dauern die Einkäufe mit Rehlein lang, doch man hat ja gestern im „Spiegel" gelesen, daß man sein Gehirn umpolen kann, wenn man nur will.

Ein verdrossener und unzufriedener Mensch, der sich über die Fliege an der Wand ärgert, könnte sich somit, wenn er nur wollte, in einen fröhlichen und genügsamen Menschen verwandeln, der auch noch einen Blick für das Gold am Rande des Lebenswegs hätt.

Ganz so, wie die Hannelore solle man aber nicht werden, beschwor ich Rehlein, denn Rehlein hatte sich vorgenommen, so zu werden, wie die Hannelore, die nur das Positive im Leben sieht, so daß die Unterhaltungen mit ihr leider ein wenig uninteressant sind.

„Wir haben ja die ganze Zeit so ein wunderschönes Wetter gehabt, und die Vöglein haben so schön gezwitschert und gesungen!" Dererlei erzählt einem die Hannelore beim gemeinsamen Kaffeetrinken.

An einer imaginären Liane schwang ich mich ins Ashram hinauf, um meine Arbeit für die Hannelore zu betreiben, und als ich in meiner Mendelssohn-Sonate stak, holte mich Rehlein zum Pizza-Essen.

Buz war energisch geworden, und hatte erreicht, daß Ming in Aurich heut 45 Minuten lang mit einer wichtigen Dame vom Ministerium über den Festivalskandal sprechen durfte.

Ming redete Klartext. Oder aber er redete Fraktur, wie man einst in der DDR zu sagen pflegte.

Sonntag, 26. Januar

Kalt wie in Irkutzk. Krustenschneebedeckt.

Rehlein hatte eigentlich ausschlafen wollen, doch nun traf man die Mamah ja doch wieder in einer Gymnastikpose an, und hinzu mit einem wärmenden, freundlichen Lächeln auf dem Gesicht.

Minus 10 C° und gleichmäßig wie aus einer Puderdose auf eine Kuchenoberfläche schnieselte zarter Schneesand auf die Landschaft vor dem Fenster drauf.

Bereitwillig holte Rehlein die Schachtel mit ihren alten Briefen herbei, die zu lesen es mich dürstete.

„Erika" hatte der Opa auf die Schachtel draufgeschrieben. Daraus las mir Rehlein nun einen munteren Brief von sich an die Eltern vor. Geschrieben in Züricher Zeiten, und auch Buz als braver Schwiegersohn hatte seine Unterschrift daruntergesetzt. („Der am Üben am ist", scherzte Buz die Schwiegerleut mit seinem Privathumore an, -

sollte bedeuten, daß er keine Zeit habe, etwas Klügeres dahinzuschreiben, wolle er nicht auf halber Höhe seines angestrebten Könnens stecken bleiben.) Rehlein schauderte sich über diesen albernen Satz, den Buz immer unter alle Briefe gesetzt hat. Auch dieser Brief enthielt kein Datum. Etwas, worum der Opa doch immer händeringend gebeten hatte – doch man stak halt immer in Eile...

Nun aber zu Rehleins brieflichem Erguß: Man hatte mit uns Kindern den Schilfenkogel besucht, und einen großen Kinderwagen voller Spielsachen und hinzu eine Flasche Hustensaft mitgenommen, da alle am Keuchhusten laborierten.

„...und der Eichert!" stöhnte Rehlein über einen Herrn, der einfach ein ganzes Jahr lang bei uns mitgewohnt hat. Rehlein stöhnte über ihn wie man vielleicht über einen Kuhfladen auf dem Teppich stöhnen würde. („Daa gehört er hin!")

Der Eichert jedoch blieb im Brief an die Eltern unerwähnt, und nur in Rehleins Erinnerung an den Ausflug auf dem Schilfenkogel, da war er dabei.

Doch statt die Eltern über den unliebsamen Gast anzujammern, begab sich Rehlein brieflich in das Menschengewühl am Bahnhof, wo man den Opa aus den Augen verloren hatte, so daß man sich abschiedsfrei in den Zug hatte setzen und abfahren müssen. Dies, da er eben doch „ein flinkes Väterchen" sei, wie Rehlein als Tochter ein-schmeichelnd schrieb.

190

Der Opa war damals im Jahre 1966 56 Jahre alt, schien dem jungen Rehlein jedoch offenbar uralt, und bereits am Rande des Grabes wackelnd, so daß ein solch zwitschrig niedergeschriebener Satz dazu angetan schien, den alten Mann ein wenig aufzumuntern.

Der Sohn (Ming) habe noch ganz lange „Opa!" gerufen, während sich die Kiki (ich) wie stets mit allem abgefunden hätte – jetzt genösse sie die Tante Beate und ihre Gesänge.

Alsbald zeigte sich auch Buz, der seit Jahren den selben Pullover zu tragen scheint, mit einem Lächeln.

In all den Monaten meiner Aushäusigkeit hatte sich für mich in Aurich neben Geschäftspost nur ein Kartengruß von Ute M. angesammelt, der sich nun nicht mehr auffinden ließ.

Buz hatte uns die Post mitgebracht, und seit gestern liegt der seichte Stapel als kümmerliche Erhebung mal auf dem Tisch, mal auf dem Fenstersimse.

Ferner hatte Buz aus Aurich ein kleines Buch mitgebracht, das für ihn geradezu maßgeschneidert schien: „Violintechnik".

Die mir unbekannte Verfasserin Jeanne Christée hatte ein Buchstabensüppchen aus der Wundertüte ihres leicht geschönten Lebenslaufs auf die Buchrückseite ergossen, und man erfuhr, daß sie mit führenden Orchestern konzertiert, und bei Größen wie Joseph Gingold, Ruggiero Ricci, Herman Krebbers und Nathan Milstein studiert habe.

Für dies Büchlein hatte sie mehrere Geiger zum Gespräch getroffen.

Buz las uns ein Interview mit Ulf Hölscher vor, der sich vorsichtig und gewissenhaft gab. Man sprach über Schüler und Enkelschüler, und welcher Tradition man sich wohl verpflichtet fühle, und einmal sagte ich: „Da wäre es doch fast interessanter zu erfahren, ob der heilje Christopherus im Dom zu Fritzlar von 1658 oder 1711 stammt?"

Buz stand an den Kachelofen gelehnt, und machte sich plötzlich fürchterlichste Sorgen wegen meinem leicht zu verröcheln pflegenden Auto mit seiner moribunden Batterie, das vor der Garage stand. Was, wenn das Auto morgen schon – eisverkrustet – nicht mehr anspränge? Die Furcht, daß es ihm den Weg zur Schülerschar versperren könne, ließ Buz kiebig und flügelschlackerisch werden.

„Daaa steht dein Auto!" kiebte Buz voller Sorge, und in der Art eines Herrn, der eine unreife dumme Gans am liebsten kopfüber in einen Bottich an konzentrierter Logik tunken würde.

Aber am Nachmittag wurde ich ja bei meiner Freundin Heidi, der Bürgermeisterin, zum Kaffee erwartet, und so würde man schon noch rechtzeitig sehen, ob sich das Auto wohl noch bewegen ließe?

Ich wand mein Auto aus dem Schneepürée, und hatte mir ja zum Glück so halbwegs gemerkt, wo die Heidi lebt.

Freundlich wurde ich auch von Dackel „Bella" willkommen geheißen, und Heidis bleiches, verhärmtes Gesicht wurde beim Wiedersehen von wärmenden Sonnenstrahlen erhellt. In der Küche lernte ich den 11-jährigen Thomas kennen, der mir nach Art des wohlerzogenen Sohn des Hauses die Joppe abnahm und hinweg trug. Ehemann Rudi schwenkte mir herzlich die Hand.

So lange war ich nicht mehr zu Besuch. Das letzte Mal sei die Tochter Anna ein Jahr alt gewesen. Nun aber sei sie eine junge Dame geworden, nach der sich die ersten Herren umdrehen.

Mir zu Ehren hatte die Heidi einen schönen Mohngugelhupf gebacken, und nun saßen wir Damen uns am schweren braunen Eßtisch gegenüber, und tauschten uns von Frau zu Frau aus.

Bald darauf zeigte sich die mittlerweile 14-jährige Anna.

Ich schüttelte ihr kräftig die Hand, und schaute dazu in ein seltsam grobes, und gleichzeitig wenig einprägsames Gesicht. Allerdings erfuhr ich von Mutti Heidi Wunderdinge über die Anna: Das Lernen fiele ihr ausgesprochen leicht, sie sei strebsam und fleißig. Ganz im Gegensatz zu ihrem Bruder Thomas, der sich in der Schule leider schwer tue.

Beim Schultest kam dann allerdings heraus, daß seine Intelligenz um 20% höher sei als bei einem Normschüler. Kann aber auch sein, daß der Thomas dieses Ergebnis seinen Eltern falsch herum kolportiert hat, und vielleicht ist es auch eher so, daß die Intelligenz eines Normschülers um 20 % über der seinen läge, meinte die Heidi unbekümmert und lachend, da man sich den Thomas eigentlich nur als kleine Zugabe für die Familie angeschafft hat, die strenggenommen nicht wirklich Not getan hätte. Der Thomas, als fünftes Kind, ist einfach jemand, von dem man, grad wie von einem kleinen Hündchen, nichts Großes erwartet, und mit dem man auch nichts Besonderes vor hat. Man freut sich an ihm um seiner selbst Willen.

Die Heidi fuhr fort in ihrem Bericht und erzählte, wie sie als Sterbe- und Trauerbegleiterin tätig zu werden gedächte, und in Lanzenkirchen die Medizin-Messe vorbereite.

Vor dem großen Fenster rieselte unablässig der Schnee, und im Fernseheck lümmelte sich eine Gestalt mit schwarzem Haar: Der Dominik. „Geh her und sag „Grüß Gott!" sagte Mutti Heidi, doch man hörte nichts als ein Brummen.

Die Zwillinge leben in der frischgekauften Doppelhaushälfte nebenan, und Heidis drei Buben aus erster Ehe haben folgende Berufe ergriffen: Elektriker, Zimmerer und Tischler.

Schließlich verabschiedete ich mich, und fuhr durch Schnee und Kälte wie in Irkutzk wieder heim.

Der Schlüssel stak außen, und auch Buzens graue Pantoffeln standen ohne ihren Besitzer auf der Terrasse. „Ob er nach einem Ehezwist entstürmt ist?" denkt man da kurz und bang. Rehlein saß nämlich mit der Zeitung in der Eckbank.

Doch bald schon kehrte Buz ganz frischgeblasen aus dem zauberhaft verschneiten Walde retur.

Bei uns gab´s Tee, und Rehleins köstlichen Zitronengugelhupf.

Ich sprach davon, daß ich Lust hätte, den Ulf Hölscher zu besuchen. Ob er mich wohl empfangen würde? „Wir kennen uns nicht, aber ich bin eine Enkelschülerin Ihres verstorbenen Lehrers!"

Dann erzählte ich, wie sich Christinas Eltern so glühend einen ausländischen Schwiegersohn wünschen, um sich wohltuend von den Nazis abzuheben.

Bald lief die „Lindenstraße", und Rehlein ist immer höchst gebannt, wenn die Themen an unser Leben von früher erinnern:

Der Schoppoholiker Lotti flog aus seiner Wohnung, und aus christlicher Nächstenliebe bezog ihm die Gabi ein Bett, obwohl ihr Mann auf Rehleinart sehr unfroh über diesen Gast war, der auf unappetitiche Art ganz devot und mit schuldbewusster Miene eintrat. Doch dann plante er auf jene Art, die sich auch der aus Ostfriesland eingeflogene Gärtner

Christoph Göhler mal mit Rehlein und Buz erlaubt hat, den Fernsehabend. Er wollte eine schrille Casting-Show anschauen, doch Ehemann Andi plädierte für einen guten Krimi. „Auch gut", sagte der Lotti.

(Diese Szene erinnerte Rehlein frappant an das Leben bei uns.)

Rehlein fand eine Postkarte Mobblns und wir erfuhren, daß Mobbl bei einem Besuch bei uns in Zürich einmal vorzeitig abgereist ist, weil sie es einfach nicht mehr ertragen konnte, wie der Yossi an unserem Tische saß und fraß.

Wir konnten Omi Mobbl so gut verstehen, und liebten sie über ihren Tod hinweg grenzenlos.

Um 22 Uhr machte ich Feierabend.

Die Erwachsenen saßen da und spielten ein Rummi-kub. Ich fand allerdings, daß die heut so schweigsam spielten.

Wo blieb Buzens sympathisches: „*Du* kommst!"?

Ich selber parkte meine Alterslahmheit hinter dem Computer, und las Amokläufer Biografien, die meist höchst interessant sind.

Ming hatte währenddessen einen Brief an die Ministerin Bernicke ausgearbeitet, und jetzt tönte das Telefon.

Eigentlich sollte ich mit Ming auch verstimmt sein, da er mir auf meine netten Briefe noch immer nicht geantwortet hat, aber ich bin es nicht.

Ich bin nur traurig, was ja eigentlich noch schlimmer ist.

Vor dem Bettgang lauschte ich mit meinem gefüllten Wärmflaschenpony im Arm noch den Weisheiten, die der süße Buz niedergetippt hat, und nun stolz, freudig und begeistert vorlas.

Montag, 27. Januar

Grö. Z.T.schneite es rapid, doch dann hörte es auch wieder auf. Eiskalt

Dummerweise schaute ich um 7 Uhr 11 mal auf die Uhr und ärgerte mich grün: 7 Uhr 11! In etwas mehr als 3 Minuten würde der Wecker auftönen, und ich fühlte mich in dieser Irkutzk-Kälte doch so schön schlafesverpackt. Doch auch die schönste Zeit geht irgendwann einmal zuende.

Der positiv Denkende mag denken: "…aus dem Ende der schönsten Zeit erwächst sich doch wohl eine andere schöne Zeit?!"

Geträumt hatte ich auch: daß *ich in Grebenstein in eine neue Wohnung gezogen war: Eine gemütliche Höhlenwohnung mit großen, aus Bast geflochtenen Truhen in allen Zimmern.*

Mit langem Flur und nach oben hin schrägen Wänden.
Gleichzeitig war's aber auch eine Heimkehr nach Trossingen.
Eines Tages kam Ming zu Besuch, und begann unverzüglich
und ohne drum gefragt worden zu sein, loszurenovieren. Er
öffnete eine große Basttruhe, und pflückte die Fotografien ab,
die in den Innendeckel geklebt waren.

Nach der schweißtreibenden Renovierungsarbeit lief ich mit
Ming und einigen Freunden aus der Wohnung hinaus, und
nach wenigen Trippelschrittchen begann bereits die
Fußgängerzone. Obwohl's spätnachts, winterlich und eiskalt
war, wollte man im Freien ein Bier heben gehen. Doch es war
so, daß ich plötzlich merkte, daß ich auf Studentenart gar
kein Geld dabei hatte, und somit nochmals in meine
Wohnung zurückkehren mußte. Und auf diesem kurzen
Weg, der eigentlich nur wenige Trippelschritte lang war, verlief
ich mich und landete auf einer einsamen Autostraße mitten in
der Nacht, von wo aus man nur hoffen konnte a) in die
richtige Richtung zu laufen, und b) bald einen Ansatzpunkt
zu finden, wo man sich wohl befänd'?

Dann aber erwachte ich an dieser Stelle, und machte
mich trimmklar, begrüßte das süßeste Rehlein, und
stürmte von dannen.

Draussen war's verschneit, und am Himmel zeigte
sich ein tiefrosagetönter Schimmer, und heute dachte
ich mir nämlich Oma Ellas Leben aus (alle 27.
Januare ab dem Jahre 1913 in Tagebuchform) und
kam dabei überraschend weit: von der Säuglingszeit,
Kindheit und Jugend in der Familie Bode - bis über
die Mitlebskrise hinaus zum 27. Januar 1978, als „das

Mädchen" (Schwiegertochter Christa) bereits mit Omis achtem Enkel schwanger war. (Sohn Gerhard) Extra um etwas zu denken, dachte ich mir zu Beginn aus, *daß Mozarts Geburtstag in der Familie Bode immer ganz groß gefeiert wurde.*

Dann dachte ich mir den jungen Hartmut und den poltrigen kleinen Buttjée Eberhard hinzu.

Schließlich war ich wieder daheim. Buz lehnte am Kachelofen, doch ich hielt mich nicht auf, und leistete rasch eine Üb-Anzahlung auf meiner Violine an.

Dann ließ ich den Motor meines freiparkenden Hyundais laufen und karrte Buz bald darauf in sibirischer Kälte nach Kein Wolkersdorf.

Vor dem Bahnhof war es kalt wie in Irkutzk , so daß Buz gar nicht gleich aussteigen mochte. Trotz der Handschuh waren meine Finger zu Eiszapfen zusammengefroren – 5C°.

9 Uhr 10 las man auf dem Armaturenbrett.

„Stimmt die Uhr überhaupt?"

„Nein, eigentlich nicht!"

Da hupfte Buz wie von der Tarantel gestochen aus dem Auto, und gab sich in seiner Hatz kaum Mühe, die Türe richtig zuzuhauen. Man sah ihn nur noch um die Ecke wetzen.

Daheim tippte Rehlein an einem Brief für die Tante Bea herum.

Die Bea war beim Fußballspiel mit Döleins Enkel „Sam" übelst gestürzt, hatte sich die Schulter verletzt, und auch wenn ich die Bea nicht mehr liebe, bündelte ich ganz viel Anteilnahme zusammen, und rief über und über „die arme Bea!" oder ich frug Rehlein: „Wie war das jetzt genau mit der Schulter?" Ich frug´s auch noch im Kellergewinde, als mich keiner hören konnte, so daß ich selber sehen konnte, daß meine Anteilnahme ernst gemeint war.

Leider stak Rehlein heut in jener Konstellation, daß sie ihren Groll gegen Buzen so übertrieben kultivierte.

Ich brachte jenes Gleichnis an, daß dies so quasi so sei, wie sie´s beim Yossi nicht gutheißen konnte: Ständig spuhlte er das Tonband zurück, um beharrend auf einen Fehler hinzuweisen, und dieser Fehler war doch immer der gleiche.

Doch statt aus diesem Fallbeispiel zu lernen, legte Rehlein noch ganz viele Groll-Briketts nach, und dabei gab es gar keinen speziellen Anlass hierfür.

Ich wollte endlich mal wissen, ob Rehlein grenzdebil oder grenzgenial oder sonst was ist, und parkte meine Mama somit hinter einen IQ-Test, der binnen 25 Minuten zu lösen sei. Die 25 Minuten gingen so quälend langsam um, und ich wußte derweil nichts mit mir anzufangen.

Wieder hatte ich das Buch „Eine Frau dreht durch" herbeigeholt, und gleichzeitig las ich im Buch „Violintechnik" von Jeanne Christée ein Geiger-

Interview, das Rehlein wohl kaum interessiert hätte. Es ging um Fingersätze, Kinnstützen und dererlei, und am Anfang hatte Vadim Repin, ein Geiger, der doch unsere Bewunderung genießt, eine Torhaftigkeit von sich gegeben: Die Linke sei beim Violinspiel maximal unnatürlich verdreht, und dieser unnatürlichen Verdrehung sei nur mit unzähligen Übstunden beizukommen.

Zu Beginn des IQ-Tests rief Rehlein, daß sie dererlei nicht verstünd´. Dann aber war offensichtlich der Groschen gefallen, und es herrschte Ruhe im Zimmer.

Nach 25 Minuten war Rehlein erst bei Frage 35 angelangt – und viele Antworten waren leider falsch! Dies lag aber daran, weil Rehlein immer so früchtebrötern und raffiniert um die Ecke denkt, und sich nüchtern pragmatische Gedanken gar nicht erlaubt, da die ihr schlicht zu unkünstlerisch sind.

Rehlein hatte sich gewünscht, daß wir heut mal eine Wanderung durch den Schnee machen, und somit sattelten wir Damen uns zurecht. Rehlein stattete sich mit zwei Walkstäben aus, und um Punkt 12 verließen wir unser Anwesen, um nach „Heinis Ruh´" zu pilgern, wozu man ja erstmal den Kalgassenbuckel bezwingen muß. Dann läuft man am Gasthof Thurner vorbei über das Brückerl, das über den Ofenbach führt, und wohinter sich die Wand mit den kirchlichen Mitteilungen befindet. Eine Frau Panis starb im 86. Jahr.

Man biegt sodann links in den „Hauerweg" ab, der in einen sanften Hügel eingeschwungen daliegt und in die Höhe führt, und zwischen den Häusern mit den zierenden Hirschgeweihen, blickt man auf liegengebliebene Arbeiten, wofür ein Arbeitselefant von Nutzen wäre: Verzuckerte Baumstämme, die selbiger hinwegschleppen könnte.

Unter einer wärmenden Haube stak die freundliche Maria Rasinger, mit der man sich sehr herzlich begrüßte. Ihren arbeitsamen Ehemann Loisl hätte ich auch sehr gerne mit einem warmen Handschlag begrüßt, er nickte mir allerdings nur kurzangebunden zu, und als ich mit ausgefahrener Hand auf ihn zutrat, wandte er sich auf die Art von Musikschulleiter Seibold einfach ab, um zu arbeiten, so daß ich die ausgefahrene Hand wieder einfuhr.

Wir wanderten fort, und ich schilderte Rehlein liebevoll, daß die Heidi ein kleines Hündchen habe. Ein fröhliches und freudiges kleines Hündchen, das sich unglaublich über meinen gestrigen Besuch gefreut habe.

Nun liefen wir weiter in den Wald hinein, und rechts auf dem Rübezahlweg, da ist es _richtig_ schön, da man keine Häuser mehr sieht, und die österreichischen Häuser einfach eine Beleidigung für mein Auge sind.

Ich sprach davon, wie der Onkel Hambum seine Kinder gerne kultivierter hätt'. Er versuchte denen aus Leibeskräften die Kultur nahezubringen, doch bislang haben die Bemühungen leider noch nicht so richtig gefruchtet.

Mit schönsten Möbelstücken aus Grebenstein versuchte der Onkel, das Elisabethchen zu einer gewissen Wohnkultur zu bekehren – vergebens!

Das Elisabethchen habe ihre Hobbys bereits gefunden: Lesen und Naschen, - zwei Hobbys, die sich hinzu wunderbar miteinander verbinden lassen, und so bleibt für die drei großen „M", die ein Frauenleben normalerweise ausmachen (Männer, Mode und Möbel) nur wenig Platz in ihrem Alltag.

Wir liefen an jenem Drainage-Weg vorbei, wo ich zu Opa & Mobblns Zeiten immer durchgejoggt bin und der nun geheimnisvoll verschneit zu unserer Rechten lag.

„Jetzt hab ich geredet ohne zu merken, was ich da sag!" sagte ich plötzlich solcherart, als sei ich aus einem Traum erwacht.

Rehlein schwitzte ein wenig. Ein Zeichen dafür, daß sie wohl gleich etwas unterzuckert würde, doch gottlob hat Rehlein, wie einst der Opa, immer ein Säckchen mit Schmeckewöhlerchen dabei.

Von hinten schaute Rehlein zuweilen aus wie das süße kleine Kind von Carl Larsson auf jenem Gemälde, auf dem es im Januar 1907 seinen Schlitten durch den Schnee schiebt.

Beim Bergablaufen war es etwas rutschig.

Die Rede war über Umwege auf Manfred Prawitz gelenkt worden, den rotgesichtigen und an schwerem

Bluthochdruck laborierenden Bruder unserer Nachbarin Gretel in Aurich, und Rehlein sprach davon, was dies für ein grässlicher Mensch sei.

Ein bißchen juckte es mich zu diesen einseitigen Worten natürlich schon, dessen Anwältin zu spielen. Doch dann dachte ich an meine eigenen guten Lehren, und gab Rehlein uneingeschränkt recht. Nur gegen Schluß sagte ich doch noch etwas Nettes über den Manfred: Daß er der Gretel mal eine silberne Kaffeekanne geschenkt habe, in der man sich sehr gut spiegeln könne.

Die Gretel hütet diese Kanne wie ein Heiligtum, da der Manfred fast immer mit ihr verstimmt ist. Einmal jedoch kehrte die Gretel aus dem Urlaub zurück, und auf ihrem Küchentisch stand neben einem wunderschönen Blumenstrauß die herrliche Kaffeekanne. Ein Geschenk vom Manfred, liebevoll ausgesucht, in einem der wenigen kostbaren Momenten des Lebens, wo er offenbar *nicht* mit ihr verstimmt war, und aus seinem welken Börsl gezahlt.

Und diese blitzende Kanne sehen wir im Sommer jeden Tag – wenn sie auf Gretels Gartentischlein steht, und bis weit über die Gartenhecke hinweg Behagen verbreitet.

Und während wir noch über den Papst Franziskus, auf den die Rede wenig später moduliert war, plauderten, geriet Rehlein hi und da ins Schlittern.

Der Opa, wenn er denn noch da wäre, hätte dem neuen Papst mit Sicherheit bald einen seiner gewitzten und geistreichen Briefe geschrieben – und

Franziskus beantwortet doch prinzipiell **jeden** Brief. (Dies zumindest hofften Rehlein und ich im Duett, da wir den Papst zu unserer eigenen Freude gerne ein bißchen glorifizieren möchten.)

Um 17:05 durfte ich auch heut, am 7. Tag in Folge, einen schweren 2-Stunden-Übsack für die Hannelore zuschnüren und in die Ecke stellen.

Rehlein, noch im Sorgenstuhle hinter der Zeitung verschanzt, stak in einer angestrengt-nervösen Stimmung, die meiner Meinung nach darauf fußte, daß sie nicht in die Puschen kam. Etwas, wofür sie Buzen nun die Schuld gab, so daß der Groll in ihr zu glühen begonnen hatte, als sei's ein glühender Kuhfladen.

Ich checkte meine Mails, und besonders der dümmliche Brief von Sabine König erzürnte mich derart, daß ich an Rache dachte. Immer die gleiche Leier!

...wir haben bereits ein sehr reichhaltiges Konzertleben. Die Kirche steht somit für weitere Konzerte nicht zur Verfügung, verfügte sie einfach über ein Gebäude, das doch für alle da sein soll – ohne das geringste Unrechtsbewusstsein, so wie einst die böse Stiefmutter vom Schneewittchen.

Zur Jausenstund schauten wir „Brisant", und auf unseren Tellern lag hierzu ein köstliches Stückchen Gugelhupf mit Zitronenkruste.

Berichtet wurde über Eis- und Schneekatastrophen, und ausgerechnet die Autobahn nach Lübeck, die ich doch bald zu befahren gedenke, war stauverstopft.

Abends galt´s wieder Buzen von der Bahn aufzupicken. Doch die Frontscheibe von meinem Auto war eisverkrustet, und ließ sich kaum säubern.
Und somit war unser Familienoberhaupt bereits den langen Bahnhofsweg herabgelaufen, als ich ihn endlich aufladen konnte.

Ming am Telefon erzählte etwas Lustiges vom Pröppilein: Auf Butlerart hatte das Pröppilein die rechte Hand auf den Rücken gelegt und lief, diesen Anblick bietend, herum.
In *scheinbarer* Entgeisterung sagten die Eltern: „Yaralein, wo ist denn deine Hand?" Das Pröppilein schaute *scheinbar* entgeistert an sich herab. Doch plötzlich zog es das Händchen hervor und sagte jubilierend: „DAAAA!"

Um 22 Uhr 8 machte ich Feierabend. Ich durfte mich über, wenn auch eine magere Anzahl, Briefe freuen. Besonders froh stimmte mich der Brief einer freundlichen Pfarrerin. Frau Müller-Gärtner, einer Dame aus Elzach, unweit von Trossingen, die gleich mit einem konkreten Datumsangebot kam: Dem 11. Oktober.
„Aber nicht wieder während des Musikalischen Sommers!" sagte Buz von seiner Eckbank aus.

Ich ließ mir meinen frischen Mut hindess nicht nehmen.

„Da werd ich ja bald weltberühmt!" sagte ich frohlockend.

Ming hatte uns über Skype eine kleine Videobotschaft geschickt: Zusammen mit dem Pröppilein wartete Vati Ming auf ein lecker Abendessen, und nun wollte er, daß das Pröppilein uns etwas erzählt.

„Oma Erika, Opa Wolf und Tante Kika!" legte Ming uns als Namensplaketten einprägsam in die zarte Ohrmuschel vom Pröppilein. Doch das Pröppilein blickte ganz ernst.

Nur einmal sagte es erfreut: „Daa!"

Dienstag, 28. Januar

Bleich und verschneit (mir sehr gefallend). Kalt

Als ich nach meiner Aufsattelung aus dem Kellerloch dem Alltag entgegentrat, saß Rehlein schuftend am Kachelofen, und der ofenwarme Buz lehnte an Selbigem – das eine, in die Höhe gezogene, grüne Schlafanzugshosenbein, gab einen Blick auf das erschlankte bleiche Wadenbein frei.

Ein Gemälde von Vermeer!

Ich küsste beide, und Buzens Wange fühlte sich ganz heiß an.

Oben im Ashram leistete ich eine erste Übanzahlung für die Hannelore ab. Erster und zweiter Satz von der Grieg-Sonate je Phrase für Phrase. Eine Arbeit, die ich nur mittelgern betreibe, da es sich ein bißchen so anfühlt, als wolle man einen Lattenzaun streichen - und als bloß mehr eine Phrase übrig war, schellte die Uhr zum Frühstück.
9 Uhr 15!
Wir warteten auf den Heizungsmeister Herrn Morgenbesser, dem zu Ehren Rehlein von ihrem goldigen Schneider-Böck-Kostüm in eine strenge Geschichtslehrerinnenhos gestiegen war.

Zur Mittagsstund:
Ich war noch kurz vom Telefon hinweggesogen, und Rehlein teilte die leckeren Speisen aus: Geschmelzte Bionudeln zweierlei Art und suppigen Spinat. Überraschenderweise hatte Renate Eggebrecht ihr angekündigtes Päckchen geschickt: CDs mit Bachs Solosonaten und Partiten, und freudig legte ich gleich die erste CD ein.
Man schickt eine selbstproduzierte CD in die weite Welt hinaus und hofft, daß sie dort so etwas wie ein Eigenleben entwickelt. Sie füllt eine fremde Stube mit Musik die, in mehrere Ohrmuscheln hinein-gestrudelt, doch wohl irgend etwas bewirken sollte? Frägt sich nur was?

Rührend war zudem, daß Renate E. a) einen netten Brief (wenn auch natürlich, wie´s leider typisch ist, nur einen Grußbrief mit gedehnter und weitmaschiger Schrift) und b) auch zwei feine Pralinées für Rehlein & Buz beigelegt hatte!

Nun hörten wir eine etwas staksig bemühte Wiedergabe. Zwar sagten wir je nichts Häßliches darüber, aber Rehlein ist jetzt so auf *meine* Aufnahme eingeschworen, daß sie die andere nicht hören mochte.

Früher nannte man Renate E. „die Knäcke", weil sie eben wie ein Stück Knäckebrot wirkt, falls sich jemand etwas darunter vorstellen kann? Sie nimmt wohl deswegen so viele Solowerke auf, weil sie mit anderen Musikern nicht so recht harmonieren will, zumal sie ein sehr spitzer Mensch sei: Eben knäckelig.

Ming als Bub habe sich mal über die Knäcke beschwert: Sie sei nicht nett zu ihm gewesen, und Rehlein glaubte ihrem Sohn.

Und heut, so viele Jahre nach diesen Unerfreulichkeiten, wurde ich lustig beim Gedanken, daß ich die Knäcke besuche. Ob sie mich empfängt? Ich sammele Interviews mit Geigengrößen für ein Buch, das ich in ferner Zukunft zu veröffentlichen gedenke. Ziel sei es, das Geigenspiel zum Volkssport zu machen, weswegen meine Fragen auch weniger auf Kinnstützen und Fingersätze hinzielen, sondern eher dahingehend, ob die Geiger beim Sex die Socken anbehalten oder eher nicht* – natürlich nicht so drastisch. Allerdings ein bißchen mehr in diese Richtung, wenn man versteht?

*Eine Frage, auf die man drei, - nein vier verschiedene Antworten geben könnte:

-ja

-nein

-gelegentlich

-dazu möchte ich mich nicht äußern

Doch bei den ersten drei Antworten wüßte man nicht, ob sie wohl der Wahrheit entsprechen, und wäre hernach ebenso schlau wie zuvor.

Buz, im Musikzimmer, hatte mit dem Violinspiel angehoben.

„Kika!" rief er, und in dem freundlichen Ausruf schwang etwas Dahingehendes mit, als wetze man freudig Messer und Gabel, um sich genüßlich einem Braten zu widmen.

Bloß daß dieser Braten in diesem Falle ich selber war. Ein Geigerbraten für den Triebpädagogen.

Doch Buz mußte erst seine Brille suchen und stellte sich, bevor er sie noch gefunden hatte, kurz zu mir an den Kachelofen, um über Violintechnik zu plaudern.

Abends schauten wir uns einen Thriller an.

„Die Lüge", in 3sat. Ein Film, der gleich zu Beginn mit einer blutüberströmten Leiche in der Badewanne unverhohlen und plump nach der Aufmerksamkeit der Zuschauer grabschte.

210

Es handelte sich um einen Doppelgängerinnen-Thriller, und die Doppelgängerinnen wurden je von Natalia Wörner gespielt. Sie hießen Nadja und Susanne – eine Räuberpistole ohnegleichen!

Die Nadja, eine Dame, die immer für „dicke Luft" sorgte - verheiratet mit einem Typen, der wie ein Professor der Musikhochschule ausschaute, konnte von ihrer Doppelgängerin ganz mühelos ersetzt werden, da sie von dem eiligen Ehemann ja so quasi nie richtig angeschaut - und wenn überhaupt – nur mit knappen Worten im Vorübergehen bedacht wurde.

„Das ist ja ein Film! Und so was schauen wir uns an!" rief ich aus. Doch dann kam's zu einer Bumsszene, und elektrisiert schaute man auf die nackerten, goldschimmernden Korpüsse drauf.

Beim Abspann las man: „Nach dem gleichnamigen Roman von „

doch weil bei uns das Bildformat verzogen ist, so daß immer einige Buchstaben abgeklemmt werden, werden wir wohl nie erfahren, wer den gleichnamigen Roman verfasst hat.

„Jetzt brauchen wir diesen Roman schon mal nicht mehr zu lesen!" sagte ich lachend.

Spät abends, als man müd und fröstelnd an den Kachelofen gelehnt herumstand, stellte ich mir schaudernd vor, wie's wohl wäre, wenn Rehlein als gänzlich anders geartete Frau, mich grad heut wegen Inkompatibilitäten zwischen Mutter und Tochter hinauswirft? Von oben sähe man, wie eine Tür aufginge und ein, mit einem Pantoffel bestülpter Fuß eine Gestalt, die sich offenbar daneben benommen hat, in die eisige Nacht hinauskickt.

Mittwoch, 29. Januar

Blass, blau-grau mit Schnee, und über die Mittagsstunden hinweg ein mattes Sonnenlächeln

Am Morgen beugte ich mich dem Weckerschrill und enthupfte dem Bettgehäuse mit seltener Stringenz, und beim Einstieg in die Kleidungsstücke bewarf mich der Opa Wolfgang in mir, mit geradzu aufpeitschenden Worten. „Agnes, beeil Dich!" und: „Diese Trödelei hört mir jetzt auf!"
Rehlein stak im Häusl, so daß wir uns durch die Türe freundliche Morgengrüße zuriefen, und ich ohne Rehleins freundlichen Anblick, dafür aber mit einem lieben zwitschrigen Wort im Ohr, in die weite Welt hinausgeschickt wurde.
Auf dem „Weg zur Himmelspforte" – sprich, dem Dr.-Gerhard-Poppinger-Weg, waren heut keine Fußspuren zu sehen. Dafür dann aber in unmittelbarer Nähe des Poppingerschen Anwesens klobige Seniorenspuren. Sollten dies die Haxerln von der Irene gewesen sein? Daneben befand sich

212

nämlich eine zierliche Hundetrippelspur, die im Gegensatz zu dem der plumpen Stampferln, so vergnügt und begeistert wirkte.

Beim Frühstück stimmte ich Rehlein schon mal auf´s Pröppilein ein, denn im Moment schaut´s so aus, als führe Rehlein tatsächlich mit nach Aurich, zumal gestern auf den Kontoauszügen völlig verblüffend zu lesen stand, daß das Prayner Konservatorium Buzen mehr als 1200 €uro überwiesen hat.

Das Pröppilein ruft: „Ooomi!", lernt rasend schnell sprechen, und da es riesenwüchsig ist, halten sich die Fingerlein nicht an Rehleins Beinkleidern, sondern an Rehleins Powurzfest.

Wir sprachen über die Midori, und wie sagenhaft sie die Doppelflageolette im Paganini-Konzert beherrscht.

Leider lassen sich die gefürchteten Doppelflageolette alleine nicht vorpfeifen, und so pfiff ich bloß, wie´s wohl zu klingen pflegt, wenn die anderen Sichbemühenden daran versuchen?

(Doch daß sich unter diesen „anderen" auch *ich* mich befand, verschwieg ich den Erwachsenen, als ich so sabbernd, fürzelnd und hilflos herumpfiff!)

Buz meinte, die Midori würde diese Musik hassen, doch ich konnte das kaum glauben. Mir haben die Violinkonzerte von Paganini schon immer gefallen, und auch jetzt als reife Frau habe ich ein derartiges Vergnügen an dieser feinen Genialität. Operettenhaft und voller Zauber!

Auf dem Bildschirm lief wie allmorgendlich die Zoo-Doku, und wir lernten Tiere kennen, von denen man noch gar nichts geahnt hatte. Z.B. Zwergkänguru-artige Kreaturen, wo man auf den ersten Blick nur denken kann „Eine Maus ist es nicht. Aber auch kein Hase!"

Dann hopst es herum, und man wird an ein Miniaturkänguru erinnert. Zwei dieser Kreaturen wurden einfach an ihrem buschigen Schweif irgendwo hingetragen, und mit einem sympathischen grauen Langohrschwein bekannt gemacht.

Das Langohrschwein benützte seinen Rüssel, um die Neuankömmlinge – vor Angst wie gelähmt, und mit einem bumpernden Herzen – von Kopf bis Fuß abzuschnuppern, grad so, als wolle ein Mensch einen Gast gleich zu Beginn mit dem Staubsaugerrohr absaugen!

Buz war währenddessen ganz in das CD-Begleitheftchen von Renate Eggebrecht vertieft, so daß man gar nicht sicher wußte, ob ihn die lustigen Geschichten aus dem Televisor überhaupt erreichen, da Buz sich einen gänzlich absorbierten profes-soralen Anstrich gab.

„Der hört genau zu!" mutmaßte Rehlein, doch Buz las grad, was die Knäcke so über Maria Callas sagt, an der sie einen Narren gefressen zu haben scheint. Dann las Buz vor, was Ingeborg Bachmann über die Callas schrieb, und fand's blöd. Doch wer sagt uns, daß dies die Knäcke nicht selber geschrieben hat, und bloß so tut, als seien die Worte von berufener Hand verfasst?

Ich berichtete von der stammeligen Kritik, mit der Ina Wagner versuchte, dem Genius eines Christian Tetzlaff gerecht zu werden, der eine nie dagewesene geigerische Offenbarung nach Ostfriesland gebracht habe!

Zuweilen lächelte die Sonn, glühbirnenhell, allerdings nicht sonderlich reizvoll durch die Wolken. Froh und dankbar war ich hindess, daß sie mir oben im Ashram die schneeverkrusteten Schrägfenster wieder abtaute, und es im Zimmer somit wieder heller und freundlicher wurde.

Mittags hatte Rehlein wie alle Tage köstlich gekocht.

Es gab Reis mit Mandeln, Rote Beete und Champignons, zwar aus dem Glase, so jedoch köstlich in Butter geschmelzt.

„Wann kommst du wieder?“ wollte Buz wissen, dieweil er sich schon so an mich gewöhnt hat, und auch mir gefiel die Frage. Ich habe mich in Ofenbach eingelebt, in gewisser Weise meinen Arbeitsrhythmus gefunden und der überübermorgigen Abreise sehe ich mit Bänge und großer Unfröhe entgegen.

Vom Pfarramt Friolzdorf war eine Mail mit „grundsätzlichem Interesse“ gekommen.

Buz döste dröge vor dem Bildschirm, und das leicht schlechte Gewissen das sich in seiner Körperspannung niederschlug, erinnerte an Omi Mobbl, die sich beim Fernsehen immer leicht schuldig fühlen mußte, auch wenn niemand etwas sagte.

Um 17 Uhr gab es bei uns Tee, und obwohl unser Adventskranz noch funktioniert hätte, waren wir ja doch zu dróg, um die Kerzen anzuzünden.

Als Buzen mal eine Nuss von seinem Plätzchen herabhüpfte, bekam er eine Ausstrahlung, als habe man vergessen ein Billet zu kaufen, und nun nähere sich der Kontrollator.

In „Brisant" bestaunte man Hansi Hinterseer. Er mit seinem unvergleichlichen Lächeln wurde fürs Wachsfigurenkabinett verewigt und ausgestellt.

Vom Schifahrer zum Alpensänger!

In Rehleins Gehirn hatten die Schräubchen bereits an einem Früchtebrotbrief für Renate Eggebrecht vorgearbeitet: Rehlein wollte den Fleiß als solchen hervorheben: „Wir erkennen diese immense Fleißarbeit an".

Eine Ohrfeige für einen Musikanten!

„Das schreibst du bitte nicht!" sagte ich.

Donnerstag, 30. Januar

Verschneit. Hi und da Flockenwirbel.
Ansonsten klar – bewölkt

In der „ganzen Woche" schaute ich die Fotos vom
Strandurlaub von Haakon & Mette-Marit an – na, da
trat wohl eindeutig die Erbmasse von Omi Ella und
Buz in mir zutage? - und die Mette hat ja leider nicht
die allerschönste Figur: Stramme Schenkel und einen
ausgeleierten Wanst.
Doch nach drei Kindern steht sie zu ihrem Anblick,
auch wenn solcherlei den Haakon wohl kaum noch
groß erotisieren dürfte?
Die innigen Küsse im Wasser dürften somit den
Paparazzi geschuldet sein? Und die Autorin fiel auf
diesen Anblick herein.
So wie Ina Wagner für den nächsten Musikalischen
Sommer vielleicht einen Passus der folgenden Art
für mich plant: „Es wäre unfair sie mit einem
Christian Tetzlaff zu vergleichen", so hatte die
Journalistin für Haakon & Mette-M. ja auch schon
Sätze auf Illustriertendeutsch vorgefertigt: „Nach
zehn Jahren und zwei Kindern bleiben Gefühle ja
schon mal auf der Strecke."

Beim Joggen am Morgen hatte mich mein letzter
Zeh rechts so geschmerzt. Der Zeh hatte sich in eine

kleine Frostbeule verwandelt, und Rehlein stöhnte über so viel Unverstand.

Zu diesen Bestöhnungen kehrte Buz mit fahrigem Ausdruck von einem Klogang in die Stube zurück, und als ich soeben erwog zu fragen: „Warum sagst Du mir nicht „Guten Tag""?" da schenkte er mir ein liebes Lächeln.

Buz lehnte sich an die Heizung, und sagte etwas, was ich zunächst als bare Münze nahm – doch es war nur, daß er vorhin, als ich noch im Walde unterwegs war, damit angefangen hatte, Rehlein einen Traum zu erzählen, den er nun fortsetzte: Ein Hotel habe ganz früh morgens bei ihm angerufen und gesagt: „So geht das aber nicht!" Das Pröppilein hätte einen solchen Rabbatz gemacht!

Buz war von realistischen Träumen heimgesucht worden, die er uns nun plastisch erzählte, und die tatsächlich deutlich interessanter waren, als es das wahre Leben meist so ist. Er träumte, daß ihm das Pröppilein aus einer U-Bahn entwischte, und augenblicklich im Menschengewühl versickerte. Buz habe gerade noch die Hand zwischen die zusammenfahrenden Türhälften schieben können. „Nein – den Geigenkasten!" korrigierte sich Buz schnell und erschrocken, um einem Anschiss Rehleins zu entgehen, daß er nicht einfach die Hand zwischen die Türen stecken dürfe! Auch im Traume nicht!

Anhand solcher Geschichten wird deutlich: Die Geige mag Millionen wert seien, die Hand jedoch ist mit keinem Gold der Welt aufzuwiegen.

Ohne eine Übanzahlung geleistet zu haben, setzte ich mich nun an den Frühstückstisch und blieb dort so lange sitzen, daß es geradezu peinlich wurde. Einmal stieß Buz sein Saftglas mit den aufgelösten Medikamenten um, und erschrak angesichts des zu erwartenden Donnerwetters furchtbar. Doch Rehlein reagierte zumindest für ihre Verhältnisse, komod.

„Mach mal!" sagte Buz in seinem Schrecke aus Versehen, und dabei hätte es doch eher heißen sollen: „Ich mach´s!" Doch bis Buz so was gesagt hat, hat Rehlein ja wiederum schon alles weggewischt.

Draußen begann ein leiser, so jedoch heftiger Schneetornado herumzuwirbeln, der einem die bevorstehende Schleswig-Holstein-Reise in beängstigendem Lichte erscheinen ließ.

Auf dem Bildschirm schmuste ein holzgeschnitzter Herr mit einem Langohrschwein mit Zylindersaugrüssel. Das Schwein war so schmuserig und küsserig. Es stammte aus Südamerika, aber in den Überlegungen eines verschmusten Tieres spielt die Herkunft nicht die geringste Rolle.

Das interessierte Rehlein hatte das üppige Interview mit Renate Eggebrecht zuendegelesen, und fand´s furchtbar. Die Renate verlor sich in entlegenen Themen wie z.B. Zahlensymbolik.

„Das ist Religioon!" sagte Rehlein fassungslos.

Das Beätlein mit ihrem (laut Rehlein) schlechten Gewissen(?) hatte drei kurze flattrige Mails geschickt, und auf einem Anhang sang ihre kleine Enkelin Koko aus Toronto ein Schnulzenlied. Begleitet von Vati Tal am Keybord. Man sah dazu allerdings leider nur ein Verkehrshütchen, da sich der Film nicht öffnen ließ.

Zuvor hatte Rehlein dem Beätchen gemailt, daß unlängst das englische Wörterbuch am Computer geöffnet war: Die Kika versuche sich durch *ihr* Buch zu arbeiten, und dabei das Englische zu erlernen!

„Dann kann sie sich ja das nächste Mal mit dem Jesse unterhalten. Der wird sich freuen!" gackerte das Beätchen in aufgeschäumtem Frohsinn zurück. Sich mit dem Jesse zu unterhalten war aber gar kein Problem gewesen, bloß mit der Bea kann man sich eigentlich gar nicht unterhalten, da einem das Zwiderborstig-izzelige den Weg zu einer gescheiten Unterhaltung einfach verbarrikadiert.

Zur Mittagsstund hatte Buz sich zurückgezogen um ernste Telefonate zu führen.

Die großen weißen Teller waren bereits aufgedeckt, so daß man sich auf Kirschneroth-Art an den gedeckten Tisch setzen konnte. Es gab Teigtaschen und Quark, appetitlich anzusehen und herrlich warm, und das raffinierte Rehlein hatte je eine Dörrzwetschge eingearbeitet, die die Hitze besonders an sich band.

Ich dachte mir einen Scherz aus: Wie man dem Kirsche schreibt: *„Du bist ja sicherlich auch eingeladen? Treffen wir uns nächste Woche auf der Beerdigung von Claudio?"**

*Gemeint ist der jüngst verstorbene, weltberühmte Dirigent Claudio Abbado. Und die Interpreten brüsten sich immer gern damit, mit einem legendären Dirigenten „per Du" zu sein.

Auf Rehleins Fenstersims fanden sich die beiden netten Briefe von Ute M.: Einer zum Geburtstag und einer zu Weihnachten, je gespickt mit ganz liebevollen Wünschen, und Fotos der Buben.

Zur Weihnachtszeit gibt Ute M. mit ihren Schülern Konzerte im Altersheim, damit die Schüler lernen, daß man auch ohne Geld Freude schenken kann!

Wir sprachen über Ida Händel, die mit ihren 80 Jahren zwar noch immer ein geigend aktiver Vulkan sei, hindess von Buz leider nicht so besonders gefunden wird.

Ich berichtete, wie sie die Einleitung vom Bruch-Konzert so aufreizend langsam spielte. Die simplen Dreiklangsauftürmungen in g-moll entfalteten sich wie eine gigantische Gestalt, die gaaanz langsam aus einem Gebirge aufersteht, um schließlich das ganze Firmament auszufüllen. Und doch spürte man, wie im Orchester gedacht wurde: „Komm zu Potte, Omi!"

Buz las uns etwas aus der ZEIT vor: Ein (mildes) Streitgespräch zwischen Gidon Kremer und Kasper

König, einem Herrn, der zum Direktor in der Eremitage in St. Petersburg berufen wurde, und sehr stolz und froh über diese Ehre ist.

Gemeinsam mit einem ZEIT-Reporter besuchte man den bedeutenden Violinisten in seinem Hause in Vilnius.

Ich riss einen kleinen Scherz darüber, daß eigentlich der Dr. Eberhard König, hätte berufen werden sollen, und nur weil eine Sekretärin etwas durcheinandergewirbelt hatte, wurde nun ein Herr Kasper König, Kunstlehrer an der Realschule von Immenhausen, berufen.

Ich schickte der Tante Bea das 4. Kapitel, und daß meine Wellenlänge nachgelassen hat, bemerkte man am zugehörigen Brieflein, das sehr knapp gehalten war.

Freitag, 31. Januar

Bleich, klar und mit Schnee überkrustet

Beim Joggen im Walde versuchte ich, jeden Abschnitt zu genießen. Ich trug klobige Stiefel an den Füßen, und mahnende Worte Rehleins im Ohr. Ausgesprochen in einer Zen-Pose vor dem Bildschirm, in welcher man eigentlich an friedvolleren Gedanken hätte herumbrüten sollen. Rehlein sprach über meine Tennisschuh, die leider ganz nass geworden waren. „Ich muß mal mit dir reden – obwohl das keinen Zweck hat!" [Da ist sie stur wie ihr Vadder!"]← und extra um diesen Gedanken Rehleins, der unausgesprochen blieb, so jedoch schmerzhaft zu fühlen war, ad absurdum zu führen, hatte ich rasch gesagt: "Dann nehme ich die Klobigen!"

„Welche Klobigen??"

Manchmal rutschte ich leicht, doch dann war ich wohlbehalten wieder daheim, und zu Tüchtigkeit vor dem Frühstück langte es leider nicht ← ein Passus aus dem Tagebuch einer Untüchtigen.

Ein bißchen durfte ich mich ja heut fühlen, als sei ich aus der Haft entlassen: Die zehn schweren Zweistunden-Schuftsäcke, die ich mir für die Hannelore aufgebrummt habe, stehen geschnürt in der Ecke. Ein „Projekt", das man nun durch ein anderes Projekt ersetzen sollte – z.B. dem Projekt „Kurzgeschichte":

Die zehn Tage waren um. Zehn lange Tage lang hatte Ulf Jorberg je zwei Stunden lang am Geschenk für seine Liebste gebastelt dies wäre doch mal ein guter Anfang?

Auf dem Bildschirm agierte die Gymnastiklehrerin im Sonnenschein, und auch Rehlein betrieb die vorgeturnten Übungen. Da schlich Buz – dünn geworden - in seinem spinatgrünen Schlafanzug vorbei.

Wie ein Bub, mit seinem süßen Milchzähnchen-lächeln, erzählte Buz jenen Witz, den er mir gestern mit glühend roten Apfelbäckchen bereits im Frizzlkeller erzählt hatte. Doch bevor der Witz loserzählt werden konnte, gab's erstmal wieder ein Geschrei, denn beinahe wäre durch Buzens Unachtsamkeit die Borstenbürste in Rehleins kostbaren Galletteig hineingeplumst.

Nun aber erzählte Buz den Witz, über den er gestern Tränen gelacht hat: Ein Bus mit lauter Politikern kracht gegen einen Baum, und ein Bauer begräbt die ganzen Politiker. Ein Journalist frägt: „Die waren tatsächlich *alle* tot?"

„Manche sagten, sie leben noch – doch Sie wissen ja, daß Politiker immer lügen!" Wieder lachte Buz sein entzückendes Milchzähnchenlächeln, aber Rehlein lachte nur ein bißchen. So: Hahaha←ungefähr.

Schon wieder habe Buz einen Alptraum gehabt! Interessiert befrug ich ihn danach: Diesmal ging's um das Eröffnungskonzert *mit der Midori, das in einem riesenhaften Saal stattfand. Doch es waren nur etwa drei Reihen besetzt, und auch das Julchen sei verzweifelt gewesen. Als das Konzert schon halb oder ganz angefangen hatte, kamen noch ein paar wenige Ehegespanne hinzu. Die Midori sah aus wie Uschi Glas und war einfach* unmöglich *angezogen. Dann sprach sie auf kümmerlichem Deutsch, und irgendein Ostfriese riet, ein Mikro zu nehmen, da man kein Wort verstünde! Doch die Midori weigerte sich aus Prinzip durch ein Mikro zu sprechen.*

Später lasen Buz und Rehlein sich die Kolumnen aus der „ganzen Woche" vor.

Ich achtete nicht so ganz auf den Inhalt, freute mich jedoch unglaublich, daß die Eheleute einen so reichhaltigen und schönen Konversationsstoff gefunden hatten. Über die Geistesblitze eines Herrn wurde sehr herzlich gelacht.

An anderer Stelle jedoch wurde derselbe Herr von Rehlein allerdings doof gefunden: Als er über die „Sprachverhunzung" schrieb, und mehrere Ausdrücke schmähte, die von Rehlein köstlich gefunden wurden.

Es hieß, die Ministerin Berwecke habe Ming einen Brief geschrieben, dem zu entnehmen war, daß sie bereits von irgendwelchen landschaftsverbundenen Vorministern beeinflußt worden war. Unser Leben war somit „am Arsch".

Hiobsbotschaften für mich hatte Buz auch:

In Österreich würde es ergiebig schneien. Es gäbe Regen und Glatteis.

Eine kath. Kirche aus Überlingen ließ wissen, daß für ein Violinenkonzert oder ein Konzert mit Violine und Orgel kein Bedarf bestünde.

Unser Anwalt, Herr Reich, hatte etwas geschickt: Neben einer saftigen Rechnung noch so allerlei. U.a. einen dümmlichen Artikel über die sog. „Gezeiten-Konzerte"*.

*(Ein kratzig klingender, in erbärmlichem Kleingeist eilig zusammengetüftelter häßlicher Name für eine höchst umstrittene Veranstaltungsreihe.)

Beim abendlichen Telefonat mit Ming schimmerte durch, daß Buz doch endlich seine Guadagnini verkaufen möge, bevor er sie in der Eisenbahn liegen läßt, oder aber sie ihm aus dem morschen Kasten auf die Gleise fällt.

Doch Buz am Kachelofen zögerte an diesem doch bedeutsamen Schritt herum.

Nach Art des Briefträgers aus der „Lindenstraße", der immer sehr zögerte, sich zur Gabi zu bekennen (einer Dame, die ihn aus tiefster Seele liebte), würde Buz wohl am liebsten ein Leben lang ausrufen: „Kommt Zeit – kommt Rat!"

„Wir wollen doch noch nach Trippsdrill!" riefen wir Damen aus, um diesen Schritt etwas anzukurbeln, und Rehlein beim Bettgang war so bezaubernd.

Personenverzeichnis

Aaron, Hund in Ofenbach

Bärenfänger, Rolf Direktor der „Ostfriesischen Landschaft" in Aurich

Beätchen, Rehleins Schwester in Amerika (*1943)

Brünnerts, Klassenkameraden vom Onkel Dölein

Buz, unser Vater, eigentlich „Wolfram", Geiger von Beruf (*1938)

Dalton, ein Herr nach dem das „Dalton-Syndrom" benannt wurde. (Die Unfähigkeit einen einmal eingeschlagenen Weg abzuschreiten, ohne vom Wege abzukommen

Deak, Nachbar in Ofenbach

Dölein, Onkel mütterlicherseits in Amerika (*1936)

Eggebrecht, Renate Geigerin aus Bayern (*um 1944)

Eichert, historischer Spezi Buzens, der in jungen Jahren einfach bei uns gewohnt hat, und sich von Buzen durchfüttern ließ

Hagerle verstorbener Onkel mütterlicherseits (1940 – 1960)

Hannelore, Dame im Schwabenland, die mich bat, ein Konzert zu ihrem 80. Geburtstag zu spielen

Hartl, Nachbar in Ofenbach (*um 1952)

Hartmut, Onkel väterlicherseits aus Münster (*1945)

Hilke, eine Verflossene Buzens (*1964)

Irene, Rehleins Kusine zweiten Grades in Ofenbach (*1944)

Irma, angeheiratete Großtante in Kiel (*1937)

Isabella, Buzens Lieblingsschülerin in Wien (*1974)

Jorberg, rasend eifersüchtiger Herr im Schwabenland (*1928), der mit unserer besten Freundin Veronika liiert ist

Julchen, Mings Lebensgefährtin (*1983)

Kim, Julia, Meisterschülerin Buzens (*1979)

Kirschneroth, Intendant der sog. „Gezeitenkonzerte" in Ostfriesland. („Kirsche")

Kupsa, ehemaliger Spezi Buzens aus Bayern (Cellist)

Leonskaja, berühmte Pianistin

Linda, Kusine in Amerika (Tochter von Tante Bea) (*1973)

Midori, weltberühmte Geigerin

Ming, mein Bruder, der Pianist (*1964)

Mobbl, unsere Oma mütterlicherseits (1910 – 1999)

Otto, Rehleins Lieblingsonkel (1913 – 1997)

Poppingers, Gerhard und Renate. Freunde in Ofenbach

Pröppilein, Mings süßes kleines Kind: Yara *2012

Rainer, Onkel mütterlicherseits in Toronto (*1934)

Rehlein, unsere Mutter (*1939)

Rifflein, Sohn von der Tante Bea in Amerika (*1978)

Veronika, liebe, wunderbare Freundin (*1945)

Wolfgang, Opa Mein Vorbild. Unerhört tüchtiger Mann. (1927 – 2009) Eines Tages fiel er während Gartenarbeit tot um – ein wirklich ehrenvoller Abgang, so traurig es auch ist.

Yossi, Spezis Buzens, der sich im Bewußtsein, ein großes Genie zu sein, früher auf schamloseste Weise von uns durchfüttern ließ. Und Buz verehrte ihn, als sei's ein Heiliger!

Besuch uns doch mal hier! ☺

http://www.franziska-koenig.de
http://www.erikoenig.de/
www.musikalischersommer.com/

https://www.facebook.com/pg/Musika
lischerSommer/photos/?ref=page_inter nal

Weitere Titel im Twentysixverlag:

Über das Jahr 2009

-Mein Bekanntenkreis (Januar – Juni)
-Ein Buch das vielleicht nicht jeder lesen sollte
(Juli – September)
-Die Lücke auf der Eckbank (Oktober – Dezember)

-Einmal Petaluma und zurück – unser Besuch bei
den Verwandten in Kalifornien